幽霊とペリドット

位ノ花 薫
INOHANA Kaoru

文芸社文庫NEO

目次

幽霊とペリドット

7月31日　その幽霊は私にだけ見えた

「こんにちは。見えますか」

脇本《わきもと》駅のホームへ降りたとたん、男に声をかけられた。見えますか？　という斬新な声のかけ方以上に驚いたのは、突然横から現れた相手に一切の気配がなかったことだ。不意を突かれて、私は固まった。

若い男だ。ベージュの髪は、いつか映画で見た海外の子供みたいにくるくるしていた。夏の強い日差しに照らされたせいか、顔は息を呑むほど白く見える。華奢な身体は、風でも吹けば飛ばされてしまいそうに薄かった。

というか、透けている。薄く、白く、透けている。男の顔面を今、モンキチョウが通りぬけた。

おばけだ。

全身を寒波がなぞった。悲鳴も出ない。吸った息さえ喉に詰まりそう。

腰を抜かして倒れ込んだまま、私は死んだ振りをした。陽の光を目いっぱいに吸い込んだコンクリートが、むき出しの両腕を痛く焼いていく。

「うわあっ、大丈夫ですか」

しかし仰天するような男の声には生気を感じる。

「おおーい、起きて。おおーい」

そしてなんとなく呑気《のんき》だ。

勘違いかもしれない。祈る思いで片目を開けば、しかと合わさる視線に男は歓喜した。

「良かった、生きてた」

全然良くない。半透明のままだ。

壮絶な危機感に叩《たた》き起こされた。ばくばくと騒ぐ鼓動に胸を喰《く》われてしまいそうだった。足早に進む私の後方で、幽霊が呟《つぶや》く。

「あれ。目が合った気がしたんだけどな」

うん。見えているの。

「おーい、おーい」

足音はしないのに、声だけが追ってくる。

先回りした男は空を駆けるごとく陽気な足取りで、私の進路を塞いだ。見れば若干、足が地から浮いている。

「うぐっ」

吐き気と共に臓物が飛び出してしまいそうだった。

すると改札のほうから複数の足音がした。見ると、作業服を着た大人数名が、こちらに向かってくる。

幽霊の注意が私から逸れた。

「こんにちはーっ。見えますか」

大きく両手を振る幽霊に、作業員は目もくれない。平然と彼の身体をすり抜けていく。

ぞっとした。私にしか見えていないんだ。キャリーケースを持ち上げて、一目散に短い階段を降りた。脇本駅は1つのホームの両側を線路が走る、1面2線の地上駅。ホームと改札口の間に踏切がある。

「見えてます？　見えてましたよね？」

嫌だ！　また来た！

窓口の塞がれた構内に駅員の姿はない。何年も前に脇本駅は無人駅になった。椅子《いす》の設置された待合所にも人は見当たらず、利用客自体少ないようだった。閑散とした景色を蹴散らすほどの心拍が、けたたましい警告を与えてくる。

構内を抜け、乾いたアスファルトに足を踏み込む。再び出会う眩《まぶ》しい日差しの中に、停車中のタクシーを見つけた。泣きそうな顔をこらえて進めば、再び正面に幽霊が回り込んだ。私の顔面めがけて一心に両手を振っている。それも満面の笑みで。

ものすごく怖い。走って逃げたい。けれど故意に避ければ「見えています」と言っているようなもの。意を決して幽霊の身体を突き抜ける。違和感はない。特に視界は歪《ゆが》まないし、おかしな匂いもしなかった。空気中を進むのと何ら変わりない行動だ。

ただ、とても複雑な気分。少し嫌な顔をしてしまったかもしれない。

「チャレンジャーですね」

感心するような言葉が背後で舞った。

「待って、待って。そうだ、お茶しません？　涼しい所で」

幽霊は焦っている。

私はかちこちの動作で運転手にコンタクトを取った。後部座席にキャリーケースを詰め込み、そそくさと車内に落ち着く。

「お邪魔しまあす」

が、乗り込んできた。人には貫通されるのに、車内に居られるなんて矛盾している。

走り出したとたん、霊体は置き去りにされるんじゃないか。けれど運転手がアクセルを踏んでも、空間を共にしている。霊気か冷房か、芯まで凍る私の身体が震えをきたすのもお構いなしに、幽霊は鼻歌を口ずさんでいる。

「お姉さん、一人旅ですか。しばらくこっちに居ます？　一緒に観光しません」

幽霊の話を遮断するように、私は声を張った。

「あの、あの！」

ルームミラー越しに運転手の瞳が覗《のぞ》く。

「どうしましたぁ」

言葉のすべてから角を抜いたようにまろやかな、ゆったりとした口調は、秋田特有の訛《なま》りなのだと思う。

「今、車に何人乗ってますか」

頓珍漢な質問に、運転手のしわくちゃな瞼《まぶた》が一気に持ち上がった。

「二人、ですねえ」

「運転手さんと私の二人、ということでしょうか」

震え声で問えば「そうですよお」と返される。程なくして運転手は「お嬢ちゃん、やめてけれよぉ」と頭を掻《か》いた。

「見えなかったか」

私の隣で、見えざる三人目が平然と呟く。

私は左手を胸に当てて、中指の指輪を撫《な》でた。黄緑色の宝石がついた、祖父からの贈り物だ。幽霊の目に入るよう、わざと指先を傾けてみる。

「わあ、綺麗《きれい》な指輪ですね」

幽霊が陽気な声を上げる。除霊に効果はないようだった。

「大きくて高そーっ。なんていう宝石ですか」

私はひたすら無視する。

十分と経たない間に、タクシーは海岸付近の一軒家へ到着した。降車すると、濃い潮の香りが立ち込める。懐かしい匂いと景色、波音に抱かれても、休まる心なんてなかった。だって幽霊も降り立ったのだ。

走り去るエンジン音に取り残されて、一人なのに、二人。幽霊を連れたまま家へ上がれるはずもなく、そわそわと放浪する。

「あれ、この家じゃないんですか。休めると思ったのにぃ」

ならば安らかに天へ行け。恐怖の中に怒りがくすぶってきた。

庭を覆う垣根を通り越して、細いアスファルトを行く。道の右側には、よその畑を囲う笹藪《ささやぶ》が続いている。やがて突き当たるT字路に沿って、海は広がっていた。意味もなく、正面の一番近い砂浜へ降りることにする。

お世辞にも綺麗とは言えない海だ。波打ち際には大量のワカメが打ち上げられ、そこかしこに漂流物が散らばっていた。砂浜は「何色？」と問われたら答えにくい色をしている。白くはないし、肌色でもない。湿ってくすんだ、何かを諦めたような、寂しい砂の色だ。浜辺で歓喜するのは、地を飛び交うフナ虫くらいだった。

足元をかすめて跳ねるフナ虫の不快さよりも、幽霊を連れ歩く不可解さが打ち勝っている。思考の忙しい私の横で、幽霊はひたすらしゃべっていた。

「鮫《さめ》とかマンボウとか居るんですかねえ。お姉さん、泳げますか。魚介好きですか。あ、見て見て、イソガニが歩いてる！」

砕けた貝殻を踏みしめて、付近の流木に腰を下ろす。距離感も配慮せず、幽霊はぴたりと隣に寄り添った。

鞄《かばん》から携帯電話を取り出す。幽霊に見えるよう画面を傾けて、検索エンジンに文字を打ち込んだ。

『悪霊　除霊　即効』

訪れた沈黙は付きまとわれて以来、初だった。私は黙々と、検索結果一覧の上位に出た『これでスッキリ！　誰にでも出来る簡単除霊法』のページに目を通す。

「待ってください」

透明な手が何度も液晶画面をかすめた。きっと今、互いにぞっとしている。

「僕、悪霊じゃないですから」

塩を撒《ま》く。消臭スプレーを噴射。日本酒を振りかける。掃除機で吸引――は、さすがに信じがたい。

「掃除機で吸い込むのはやめてっ！」

飛び跳ね、後ずさる幽霊が波打ち際で静止した。すり抜ける海水は彼の足元を濡らしもしない。

私は声を振り絞る。

「……ついてこないで」

とうとう存在を認めてしまった。

はっとした様子の幽霊と目が合う。覚悟を決めて、向かい合った男は恐らく同年代。あっさりとした顔立ちには主張するものがないけれど、配置やパーツは整っていた。くるくるの毛先から覗く耳たぶに、小さな金のフープピアスを付けている。オーバーサイズの白いTシャツに細身のジーンズ、黒いスニーカーといった街中の若者に見かけるような服装は多分、時代遅れじゃない。肌の白さは死者ならではなのか、華奢な身体と相まって幽霊の儚《はかな》さを助長させていた。

すうっと歩み寄られて血の気が引いた。生きていれば吐息も伝わる至近距離だけれど、息遣いは感じられない。ただ、雰囲気はひたすら明るい。

「やっぱり見えてます？　なんだ、良かったあ。僕、途中から虚しくなってきちゃって心折れそうでした」

屈託のない笑みすら恐ろしい。力の限り押し出す私の言葉は、吐き気を引き連れそうに震えている。

「なにが目的？　私のこと、呪うつもり？　わああ、やだすごく怖いどうしよう」

ぐっと睨《にら》みを利かせてやりたいけれど、恐怖が敵意を上回る。弱音を吐いたとたん、自らを覆う虚勢が解けた。私は居てもたってもいられず流木の裏に隠れ込む。

「どうしたらいいの、どうしたらいいのっ」

掴《つか》み放った砂は男をすり抜けるだけで、身体を汚しもしない。鞄をまさぐり香水をスプレーしても変化なく、両手の人差し指で十字を作って見せても、男はきょとんとするだけだった。

「僕、ドラキュラじゃないですよ」

「ひいいっしゃべったぁあっ。南無阿弥陀仏、南無阿弥陀仏」

「ずっとしゃべってたじゃないですか」

「いやああっ」

突破口を探る両手が右往左往と空を切る。自分でも信じられないくらい取り乱していた。

「すみません。怖いですよね」

悪いと思ったのか、私の剣幕に引いたのか、幽霊は距離を取った。

責めるように私は二度頷《うなず》く。

幽霊は丁寧な口調で慎重に、私をなだめた。

「悪さをするつもりはないんです。全然、これっぽっちも、本当に」

「じゃあ、どうしてついてくるの」

か細い声は、きっと波音に掻き消された。

質問を聞き取ったのかもわからない幽霊は、初めて弱々しい表情を見せる。思ったよりも若いのかもしれない。どこか大人になりきれないような、あどけない少年の姿が映った。

「僕のことが見える人、初めてだったから」

「だから取り憑《つ》くの」

「そんなことしませんよ。ただ嬉《うれ》しくて、つい。僕、気付いたらこんな状態で、人には無視されるし、自動ドアには感知されないし、なんならガラスをすり抜けられるし、というか身体が透き通ってるんですよ」

自分が死ぬ瞬間に気付ける人なんて、そうそう居ないのかもしれない。不憫《ふびん》にも思ったけれど、いけない。私は切り替える。

「私、二十二歳なの」

「はあ、そうですか」

改まったような幽霊が流木越しの正面に正座した。直視されるのがつらくて、私はさらに姿勢を低くする。

「二十歳になるまで幽霊を見なければ、一生見えないって聞いたの」

「見えちゃいましたね」

陽気な口調が癇《かん》に障る。一呼吸して気持ちを整えた。刺激しないほうがいい。今さらだけど。

「ここで別れましょう」

「付き合ってないです」

「もうついてこないでって言ってるの」

強く告げれば一瞬、悲しみに怯《ひる》む相手の顔が見えた。少し後ろめたくなった私は声のトーンを下げる。

「おばあちゃんの家に行くの。おばけは連れていけない」

「僕、善良なおばけです」

「こうしてつきまとってる時点でたち悪いから」

言いながら、胸が痛んだ。しかし生きている側からすれば恐ろしいことこの上ない。訪問販売を断るのと同じで、多少心苦しくても、はっきり言わなきゃいけない。

私は立ち上がり、深く頭を下げた。

「他を当たってください」

そして背中を向ける。

「ごめんなさい。僕、何日もうろうろしていて、ずっと不安で寂しくて。けどこうして悪意なく人に害を与えるから、悪霊って呼ばれちゃうんですね。勉強になりました」

つらつらと吐き出される言葉を聞きながら私は、飼い主に叱られてしゅんとする子犬を思い浮かべていた。

「自分が嬉しいことでも誰かに嫌な思いをさせちゃうなら、良くないことですね。僕、人に迷惑をかけるのは駄目なことだってわかってるんです。これでも」

踏み出そうとする足が異様に重たい。罪悪感が邪魔をする。

「何も思い出せないんです。家族や自分のことも。命の危機に瀕《ひん》した記憶もないのに、気付いたら幽霊になってました」

え、記憶喪失なの？

「駅で僕以外の幽霊にも出会ったんですけど」

怖い。さっさと行こう。

「なんだか様子が違っていて、みんな足がないし目が虚ろで、うーうー唸《うな》っててすごく怖くて、友達になれそうもなかったんです。いやに絡んでくるから殴っちゃったし」

なるほど、幽霊同士は触れ合えるらしい。

「だから余計、人間のお姉さんの目に映れたことが嬉しくて。怖がらせてすみませんでした。会えて嬉しかったです」

振り返りそうな衝動を抑えて駆けた先で、転がっていたゼリーのカップを踏んだ。溜まった汚水が跳ねてワンピースの裾を汚したけれど、こんな不運、幽霊との遭遇に比べればなんてことない。と思いきや今度は砂に足を取られて転げた。

「うぎゃっ」

砂まみれの身体に近寄る「大丈夫ですか」を振り切って、アスファルトの道へ駆け上がる。重いキャリーケースを引く腕が痛みを叫んでいた。

「幸あれ！」

「多分ないですが、お元気で」

はきはきとした幽霊のあいさつが遠退くにつれて、罪悪感が影を伸ばしていく。晴れない心で玄関を叩いた頃には、茜《あかね》色の空が迫っていた。

「桃、よく来だなあ」

祖母に出迎えられたとたん、泣きたくなるほどの安堵《あんど》に包まれた。すがるように腕へしがみつけば、今になって膝が震えてくる。さっきまで幽霊としゃべっていたんだ。

「あえ、なしたあ」

肉厚な身体は七十五の歳に抗う弾力がある。強めに背中をさすられたとき、ありとあらゆる懐かしさを寄せ集めたような、おばあちゃんの匂いがした。

「おばけに会った」

「おばけぇ？　塩撒ぐが？」

「……あ、大丈夫。勘違いだと思う」

寂し気な幽霊の様子が蘇《よみがえ》って、これ以上、嫌厭《けんえん》する気になれなかった。

玄関を上がる。ふすまを開き切った正面にはお仏壇の間がある。幼少期は広々と感じた十畳の和室が、今はやけに小さく見えた。擦り切れた畳を歩き、仏壇に手を合わせる。白黒写真のご先祖様に交ざって一人、フルカラーの祖父が微笑んでいる。

祖父の葬式以来、秋田を訪れるのは九カ月ぶりで、長い休みを使って秋田に留まるのはもっと久しいことだった。埼玉の大学に進学して地元の群馬を離れてからは、毎年の親の帰省に同行しなくなった。

居間に荷物を下ろすと、涼しい部屋で休まるよりも先に縁側へ出た。

祖母が手入れをするわけでもないのに、夏の庭にはいつも同じ場所に向日葵《ひまわり》が咲いている。今年落ちた種もまた来年になって芽を出すのだろう。

向日葵に寄り添うトタンの小屋には、赤い自転車が停められている。積もる砂埃《すなぼこり》からして、しばらく乗っていないようだ。季節の花と小さな畑の夏野菜が色彩を描く庭で、その空間だけ時間が止まっているみたいだった。

生垣の向こうには海がある。サンダルを借りて庭へ降り、収穫用の踏み台に上った。開けた景色を望んでみても、民家より低い位置にある砂浜の様子は確認できない。

「桃、おやつだあ」

縁側から祖母に声をかけられた。彼女はまるでさっき拾ってきた物を差し出すように、茹《ゆ》でトウモロコシを素手で摑んでいる。

踏み台を降りて縁側に腰かける。受け取った濃い黄身色にはまだ熱が籠っていた。一口、小さくかじる。

「甘い」

「んだか。バリュで買った」

バリュとは祖母宅から徒歩十分ほどの距離にあるスーパーのことだ。

「おばあちゃん、人は死んだらどうなるの」

唐突すぎたかもしれない。私の問いかけを受け取って、祖母はぽんやり宙を見た。

「わがんね。じいはここじゃないところさ行ったんだろなあ」

「おじいちゃんは死んでから、幽霊になっておばあちゃんの前に出てこなかった？」

「何度か夢さ出でぎだな。おら驚いでなあ」

「へえ」

「成仏してねえんだと思って、ずうっと念仏唱えてたらそのうち見なぐなった」

「追い払っちゃったの」

「じい心配性だったがら、おらのこと気になってあの世さ行けながったのかもしれね。おら毎朝、仏壇さお経唱えるときに、こっちは大丈夫だがらって拝む」

「その念仏やお経はさ、成仏をさせるために唱えるものなの」

「さあ。おら義母さんの言いつけ守ってるだげだ。あ、もう義母さんいねえし、やめてもいいべか」

「それはどうだろう」

私はまた一口、トウモロコシをかじった。


夕食後、また縁側に出ると、静かな町を覆う波音が一層大きく響いていた。幽霊の少年がついてきていたらどうしようかと身構えたけれど、闇夜に透き通る存在は見えない。

きっと悪い霊じゃなかった。なんとなくそれはわかるけれど、だからといってどうしようもないことも知っている。

秋田の夜空は澄んでいる。満天の星は黒いキャンバス上、粉砕された金塊みたいに強く瞬いていた。昼間は見上げる余裕がなかったけれど、明るい空も綺麗だ。晴れの日は突き抜けるような青色をしている。秋田の夏は、すべての色が濃く見えた。

腰を下ろして、外へぷらぷらと足を放る。いくらか冷えた空気が心地いい。夜風に溶ける風鈴の音が胸に響いて、過去を呼び寄せた。

祖父は縁側が好きだった。起きたての身体に目いっぱいの朝陽を浴び、夕焼けに染まる庭を見届けて、星空を眺めていた。満たされたように穏やかな顔をして、時折瞳を閉じ、耳を澄ましては、自然に身を委ねていた。どこか儀式的で神秘的に思える祖父の姿に憧れて、幼い私もよく隣で真似《まね》ていたものだ。

縁側からは夏の音が聞こえる。波音は世界を寝かしつけるように優しく響く日もあれば、怒りを露わにするように感情的に押し寄せる日もあった。

風の音は気まぐれで、揺れる草木と仲良くささやいたり、威嚇の声を上げて木の葉を撒き散らしたりする。乱暴に窓ガラスを叩かれる嵐の夜は嫌だけれど、落ち葉にまみれた翌朝の、緑に染まる道を見ると心弾んだ。

虫や鳥たちは晴れの日によくおしゃべりをして、雨の日は静かになる。カモメが鳴く日は空も元気で、船の汽笛もよく通った。遠くで上がる花火や、子供たちのはしゃぎ声、乾いたコンクリートを叩く足音。すべてが上手に溶け混ざり合って、完璧な夏の世界を創っていた。

目を閉じて耳を澄ました。庭の隅でジーーッと響く、クビキリギスの割れるような鳴き声を聞きながら、空っぽの右隣に祖父の気配を思い出している。

祖父は自然が生み出す美しさを尊んでいた。とりわけ鉱物に対する熱意が強く、過去には宝石工房に勤めていたほどだ。気が遠くなるほどの年月をかけて形成された宝石には、人が知れない地球の歴史と、計り知れないロマンが秘められているのだと、何度も語っていた。祖父のその姿は何年先も見られるものだと思っていた。

でも人の命は宝石みたいに永遠じゃない。命の欠片《かけら》は誰かの手元に残りもしない。ずっとそばに置いておきたくても、指輪や首飾りになんてなれない。どんなに忘れたくない思い出も、徐々に褪《あ》せていく。

私が最後に見た祖父はどんな表情で、どんな声色で、何をしゃべっていたっけ。曖昧に薄れていく記憶が歯がゆかった。思い出せないのは、決して必要ないからなんかじゃないのに。

無意識に視線が海を向いた。

亡くなって完全に消えてしまう人もいれば、亡くなって残る人も居るのか。

私はもう一度、祖父に会いたい。幽霊でもいい。言葉だっていらないから、ただもう一度向かい合いたい。

さっき会った幽霊にだって、きっとどこかでそう願っている家族がいるんだ。

——あの子は帰っただろうか。でも、帰るってどこへ。幽霊のあの子でさえ、幽霊に絡まれたと言っていたくらいだから、安心できる居場所もないのかもしれない。見放した罪悪感が胸につかえている。夏中、それを抱えて過ごすのは嫌だった。ぎゅっと中指を握る。両足をサンダルにくぐらせて、こっそり外へ駆けた。

昼間のおおらかさと打って変わって、夜の海はおどろおどろしい。近くで轟《とどろ》く波音が、体内を侵略していくようだった。

携帯電話の頼りない光はわずか先までしか見通せない。ようやく目が慣れてきた頃には、水面に反射する月が海辺を照らす役割をした。

流木付近に人影はない。というか幽霊なのだ、影すらなく闇に透き通っているのかもしれない。辺りを見渡せど砂浜は無人。不穏な空気は思い込みだと言い聞かせながらも、大きく呻《うめ》きを上げる波音は、隙あらば私を呑みこもうと企むようで、足が震えてしまう。

「おおーい……さっきの少年いますかぁ……」

弱々しい声を直ちに波が喰らう。掻き消され、残るのは不安。ぱたり、立ち止まる。居ないんだ。正直、再会を果たさず安堵している。自分なりの誠意を示したのだから、罪悪感も和らいだ。けれど念には念を押す性格が、幸にも不幸にもなる。

一応の確認に、と回り込んだ流木の裏側で、見てしまったのだ。木の陰に憑依《ひょうい》するよう、ひっそり砂地に横たわる、青白い者の姿を。

「ぎいいやああっ」

「えっ」

尻餅をつく私と入れ替わりに、立ち上がる存在がやけに大きく見えて、意識が遠のいた。仰向けに倒れ込み見上げた空で、宴のごとく輝く星々が私を天へ手招いている。けれど砂浜は身体を受け止めたまま。自然の摂理に適った身体が浮かんでくれない。せめて気絶させてと願う間も世界は動く。

「大丈夫ですか」

私を見下ろしていたのは幽霊の少年だった。

「ひっ……はっ……居た」

「お姉さん、持病でもあるんですか」

真面目な顔で問われた。夜の幽霊は際立って白く見える。

私は小さく唇を動かすのに精いっぱいだった。

「ない、けど」

「でも、よく倒れるから」

「うん……不意な出来事にとても弱いみたい」

心配そうに差し伸べられた右手を摑もうにも、私の指先は宙を掻いただけ。触れられず再び地に尻をついてしまう。

とたんに右手を背に隠した少年の姿がせつない。

「あ、すみません」

「ううん」

起き上がり、流木に腰かけて余裕を纏《まと》う。両腕を組み、足を交差させても水を差されるから嫌だ。

「お姉さん、髪がぼさぼさです」

「……だろうね」

「こんな夜にどうしたんですか」

「ちょっと散歩してたの」

「ひとりじゃ危ないですよ」

「そうなんだけどね」

「帰ったほうがいいですよ」

「ええと」

いざ対面しても、何を伝えるべきかわからない。わざわざ謝りに来るのもおかしい気がする。その後は結局何もできないのに。だから今さら、昼間の問いに答えてしまった。

「ペリドット」

丸い瞳を向けて、少年は反芻《はんすう》する。

「ペリドット？」

「昼間に私の指輪が何の宝石か聞いたでしょ。ペリドットっていうの。イブニングエメラルドって呼ばれるくらい、夜も輝く石。八月の誕生石」

沈黙から逃れたいあまり、聞かれてもいない知識をひけらかして、ついには恥ずかしくなってくる。私はどんどん声量を欠いていった。

「暗闇を照らす宝石、太陽の石って言われてるの……」

ちなみに魔除けの石とも言われるのを思い出して、昼間彼に見せつけてみたけれど、特に効果はなかった。

携帯電話の光をかざして幽霊の少年に指先を見せた。草模様の彫刻が施された指輪の中央には、楕円形《だえんけい》にカットされたペリドットがセッティングされている。夜のペリドットは昼間の無邪気な輝きとは違って、落ち着いた煌《きら》めきを見せていた。

幽霊の少年は物珍し気に指輪へ顔を寄せる。私は退きたくなる身体をぐっとこらえた。

「へええ。昼間、目がちかちかするくらい輝いてました。夜でもこんなに綺麗なんだ」

「複屈折率が高いから少しの光を取り入れて輝くの。私の成人祝いに、おじいちゃんが作って贈ってくれたんだ」

緊張が伝わらないように、ゆっくり言葉を並べた。あからさまな恐怖を見せるのは失礼な気がする。今さらだけれど……。

「おじいさんが？」

「宝飾品を作る仕事をしてたの。去年死んじゃったんだけどね――あ、ごめん」

「いいですよ」

「いや……ううん。ごめん、違うの。私、君にひどいことした。困ってるのに見捨てて、冷たくしてしまって」

しどろもどろに紡ぐ言葉をどう終着させよう。なにせ無計画のまま会いに来てしまったのだから、奇怪な逢瀬《おうせ》に終わりが見えなかった。

「だから、ええと――あ、ちょっと成仏できるか試してみない」

少年の目が若干引いている。私は取り繕うように言葉を速めた。

「おばあちゃんが言ってた。念仏を唱え続けてたら夢におじいちゃんが出てこなくなったって。きっと成仏したんだよ。苦しかったら申し訳ないけど、私、唱えてあげる」

「おじいさんって、お姉さんの後ろに居る人ですか」

誰も居ない背後を指さされた。

「え？」

目で問えば、まずいと言いたげな少年がさっと指を下ろす。

私は聞き返した。

「今、なんて言ったの」

「あれぇ……？　てっきり全部見えてるのかと」

苦笑いを浮かべる少年へ私は再度、返事を促す。

「ねえ」

「幽霊ジョークです」

二人、黙って見つめ合う。間もなくすると、耐えきれなくなった様子で少年は白状した。

「少しふっくらした、頭がつるつるのおじいさんが見えるんですけど」

「うそぉ」

「白いポロシャツにチェックのズボンを穿いていて、背が低いです」

「おじいちゃんぽい」

立ち上がり振り返ってみても、夜の奥には民家の灯りが見えるばかりだった。

「お地蔵さんみたいに、にこにこしてます。金蔵《かねぞう》さんって名前なんですね」

「おじいちゃんだよ！」

「指輪、似合ってるって言ってます」

「え……おじいちゃん、おじいちゃん」

闇を掻く両手が何度も空気をかすめる。感触はなかった。

「すぐそばに居ますよ」

目の奥が熱い。胸がぎゅっと絞られていく。

「どうして？　どうして私、見えないの。君のことは見えるのに。おじいちゃん、もしかして成仏できなくて苦しんでるの？　私、どうしたらいいの」

涙がみるみる景色を濁らせていった。ちかちかと散らばる民家の光が、瞬きと共に地へ落ちていく。そうして視界が鮮明になっても、会いたい人には会えないままだった。

「おじいさんは、おばあさんを見守っているそうです」

知らぬ間に寄り添う少年は気配がないから恐ろしい。小さな嗚咽《おえつ》を漏らす私の横で、彼はじっと一点を見つめて相槌《あいづち》を打っている。

「苦しんでいませんよ」

「君に絡んできたおばけみたいに怖い姿はしてない？」

「健康的な姿です」

「よかったあ」

深いため息には安堵と同等の後悔が入り交じった。

「お願い。おじいちゃんに伝えて。何年も会いに来られなくてごめんって。毎年私が来るのを楽しみにしてくれてたのに、最後まで会えないままでごめんねって。ごめん……ごめんなさい」

大切な人に二度と会えないと知った瞬間の、取り返しのつかない絶望がずっと心に根付いている。

秋田の葬儀は地元と段取りが違って、祖父は葬式の前に火葬された。私が秋田に到着したとき、祖父はすでに骨壺《こつつぼ》に納まっていた。花に飾られた祭壇で笑う、まるでこの日のために撮られたような祖父の遺影を眺めて、私は呆然《ぼうぜん》とした。空虚の病にかかったみたいに、感情の起伏もなしに涙だけが流れ続けた。

「な、泣かないでぇ」

少年はうろたえている。

「お姉さんの声、届いてますよ。おじいさんまで泣いて……ああどうしよう。夜道が心配でついてきたみたいです」

「ありがとお……私、どうして君だけ見えるの」

「僕にもさっぱり」

「……あれ、じゃあ念仏を唱えても意味ないってこと？」

「うーん。夕方、お姉さんすでに『南無阿弥陀仏』って唱えてたじゃないですか」

覚えていない。相当、錯乱状態だったから。おかげで消えた香水瓶とハンカチの代わりに、鞄の中には大量の砂が入り込んでいた。

「あのとき、悪霊っぽいのは苦しんでいたので、意味がないってことはないと思うんですけど」

「ひいっ！　居るのっ？　南無阿弥陀仏南無阿弥陀仏南無阿弥陀仏！」

「あ、一人消えました」

「そういうこと言わないで！」

頭を抱えてうずくまれば、労わるような声に背中をさすられた。

「お姉さん、帰ったほうがいいですよ。それに実際、生身の人間のほうが怖いし。お姉さんが変な人に襲われても僕、守れないから」

「どうして優しいの」

「どうして、って実体がないだけで心は人のままですからねえ」

額に透明な矢を射られた気分だった。私はその発想に行き着かなかった。そう、ただ半透明なだけだ。なのにどうして生きていた人間が幽霊になったとたん、悪さをするだなんて思うんだろう。

「ごめん」

「いいですよ」

「一緒におばあちゃんち泊まる？」

自然と言葉が零れていた。

「え」

「変な意味じゃないよ」

「わかります。この身体じゃ僕、変なこともできないですし」

私が咳払《せきばら》いで空気を調えると、少年は恥ずかし気に口をつぐんだ。

「ひとりじゃ怖いでしょ。治安悪そうだし——霊的な。ちょっとホームステイするつもりで、どう」

「けど、夕方はついてくるなって」

一度傷つけてしまった心に償うよう、透き通る彼の手に両手を重ねる。気のせいか一瞬だけ、少年の輪郭が濃く変化して見えた。

「私、夕方のことを後悔したの。それに君が居てくれたら、おじいちゃんとおしゃべりできるし……嫌だったらいいんだけど」

少年の瞳がみるみる輝きだす。私はそれを了承の合図と受け取った。

「こんな確認をして申し訳ないんだけど、悪霊になったりしないよね」

「僕、幽霊界の一般市民です」

「呪ったりしない？　憑依したり」

「やり方がわからないですよ」

「もし悪霊化したら全力で祓《はら》うね。あと寝る時は居間で——幽霊って眠るの」

「眠くはならないんですけど、意識を沈めることはできます」

「沈める？」

「電池を切るっていうか、ふっと存在を消す感じです」

「それ続けてれば成仏できるんじゃないの」

「試したんですけど、決まって身体が脇本駅に戻るんですよねえ」

「なにそれ」

「あのぉ」

「ん？」

「照れます」

「なにが」

「手、握られてるの」

「握れてないよ」

「おじいさんがニヤニヤしてます」

異性と触れ合う姿を冷やかされているようでバツが悪い。手を降ろし、視線のみを少年と繋《つな》ぐ。すると何かを思い出したような彼の瞳が流木へ向いた。

「そうだ、忘れ物ですよ」

指差された流木の陰を覗けば、折り目の乱れたハンカチと香水瓶が放られていた。さっきは少年が横たわっていて気付けなかったけれど、両方、私の物だ。

「もしかして私の落とし物、守ってくれてたの」

「いやあ、触れないから守れもしないんですけどね」

ぽうっと胸に落ちる優しさが、綺麗な色を残した。

「私、最初から君がどんな子なのか知ってたら、絶対に冷たくなんてできなかったな」

すると少年は、からりと笑む。

「初めて会ったおばけに優しくできる人なんて居ないですよ」

夜なのに、目の前の幽霊だけ昼間みたいに明るかった。


「どこさ行ってただ！」

家へ上がるなり、風呂上がりの祖母に怒鳴られた。濡れ髪の下着姿のまま、たわわな胸と腹を揺らして詰め寄ってくる。

「散歩に」

「今に変な男さ拉致される。夜出歩ぐなあ」

むしろ変な男を拉致してきた側だった。

「うん、ごめん。おばあちゃん、パジャマ着たほうがいいよ」

「これがおらの寝間着だ。じいさん居ねえがら自由」

たぱん、と響きの良い音を立てて、祖母は自らの腹を叩く。

両手で目元を覆う少年と、知らずして他人に下着姿を披露するはめになった祖母、両者に対して、私は申し訳ない気持ちになった。

服を着ないまま、祖母は午後八時過ぎに就寝した。少年によれば後を追うようにして祖父も寝室へ向かったらしい。今の祖父は、祖母の守護霊のようなものなのだろうか。

私は少年と二人、縁側に腰かけて関係を改める。

缶から取り出した蚊取り線香は山吹色。珍しい色彩に驚きながら、うずまきの中心に火をつける。すると蚊取り線香らしからぬ柑橘《かんきつ》の香りが舞い上がった。

「いい匂いだね。柚子《ゆず》かな」

「へえ、嗅いでみたいです」

「あ、ごめん」

「あ、いえ、こちらこそ」

幽霊には嗅覚がないらしい。生きた人間の「当たり前」を前提に臨むと、無自覚に傷つけてしまうかもしれない。私は慎重に言葉を選ぶ。

「君、記憶がないの」

「そうなんですよ」

「自分の名前はわかる？」

「残念ながら」

「おじいちゃんは私を覚えてるし、幽霊がみんな記憶喪失になるってわけじゃないんだよね」

「僕が稀《まれ》なケースなんですかねえ」

「全然何も覚えてないの」

「全然何も。あ、手掛かりになるのかはわからないけど、おかしな手紙を持っていたんです」

ポケットをまさぐる少年が四つ折りの便箋《びんせん》を取り出す。開かれた紙面はやはり半透明。霞《かす》んでいて見づらいけれど、目に付いた文字は読み取れた。

『さがしてね』

バランスの悪い筆跡には幼さが滲《にじ》んでいる。文字の下には十字架を逆さにした形で簡単な地図が描かれていた。色褪せ、端々のほころびた手紙からは長い間、置き去りにされたような老いを感じる。

「僕、宝探しでもしてたのかなって」

少年の言うとおり、目的地と思《おぼ》しき縦線の中央部には赤ペンで㊪と記されている。

それにしてもおかしな地図。目印になるようなほかのマークなどは見当たらず、それ

それぞれ線の先に暗号のようなものが書かれている。

まず、縦線上部の果てにのみ『東』の方角が記されており、ピンクのペンで『①バラの女神』の文字がある。縦線下部には水色で『④海□月』と書かれてあるし、横線右端には緑の『②ほたる』、左端には紫で『③ぶどう』とある。地図の暗号は、一番上の幼い文字と筆跡が違った。きっちりとした撥《は》ねや払い、重厚な筆圧には、年長者の風格が漂って見える。

地図の下には四つのマスが用意されている。マスの上にはそれぞれ1から4の数字が小さく振られていた。解答欄のようだ。

「なにこれ」

「僕にも何がなんだか」

見るからに難解ではあるけれど、ヒントを託してくれている。マスの下には『宝はザクロの木の下』と記されていた。

「柘榴《ザクロ》の木を探せばいいのかなって、ふらふらしてみたんですけど、僕、柘榴の木な

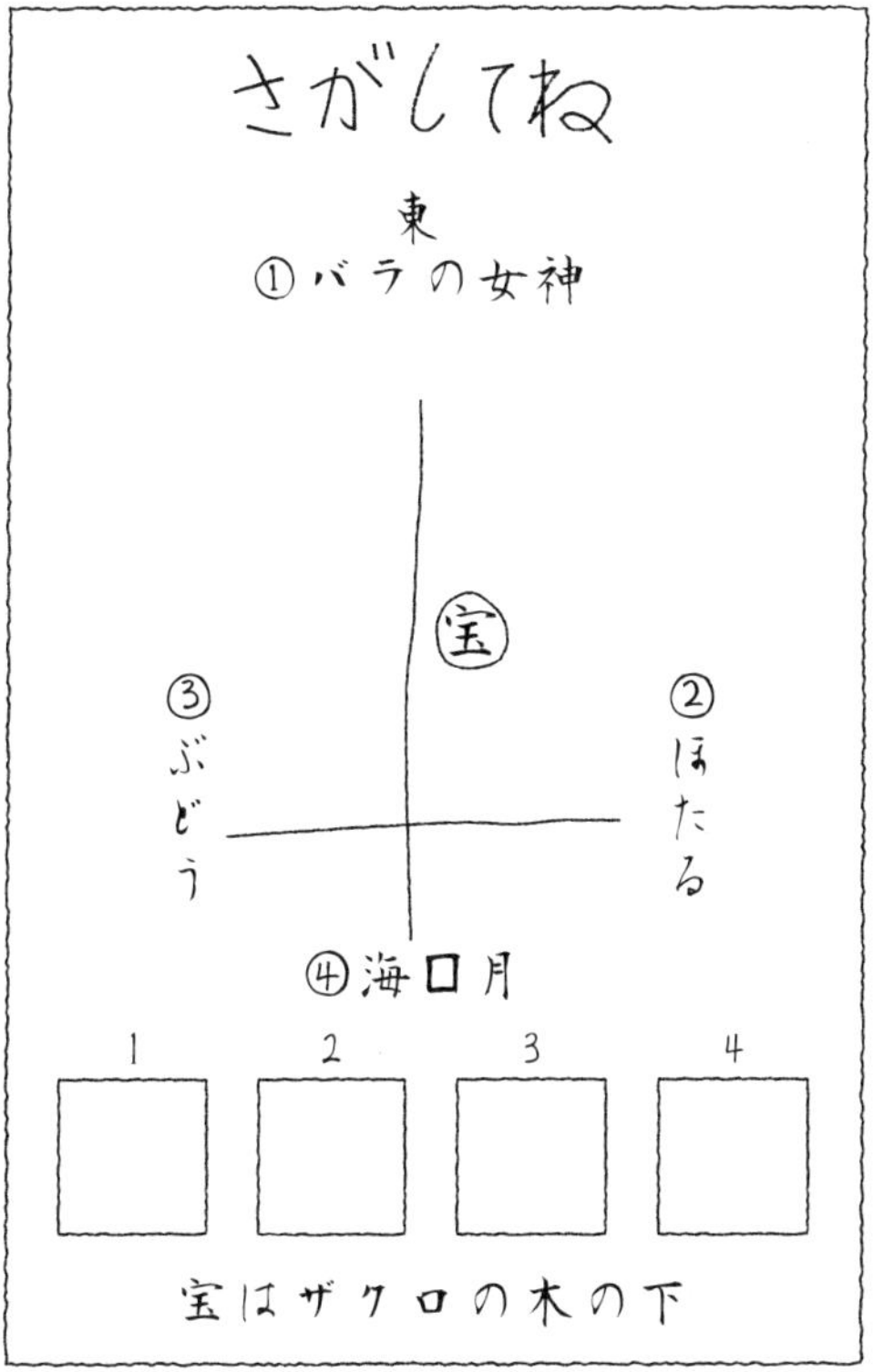
さがしてね
東
①バラの女神
宝
③
ぶどう
②
ほたる
④海口月
1
2
3
4
宝はザクロの木の下

んて知らないから困っちゃって。この辺にありますか」

「見たことないよ」

「そっかあ」

脱力した少年からは深刻な様子が窺《うかが》えない。半ば諦めているように見える。

「明日おばあちゃんに聞いてみる。一緒に捜そう」

「お姉さんが一緒に捜してくれるんですか」

私は頷く。

むずむずと波打つ少年の唇からは一向に言葉が漏れない。

「嫌だったらいいんだけど」

「まさか。すごく嬉しいです。ただ、迷惑かけちゃうなあって」

今さらだな、なんて思うけれど、首を横に振った。

「私、お盆過ぎまで秋田に居るの。たくさん時間あるから」

「今日って何月何日ですか」

「七月三十一日」

「二週間以上もある」

人懐こい子犬のように目を輝かせて、少年は笑みを浮かべた。

「自分のことも思い出したいよね。君、どれくらいさ迷ってたの」

「五日ほど。おそらく幽霊になりたてほやほやです。ただ、この辺に住んでいたのかはいまいち。懐かしい気はするんですけど」

「ずっと駅に居たの」

「周辺をうろついたり、電車に乗って出掛けてみたりもしました。特に収穫はなかったですけど」

庭へ放った両足をぶらぶらさせる少年の姿に、ふと思う。

「足、あるんだ」

「ありますよ。ほら、ナイキのスニーカー格好いいでしょう」

「絡んできた幽霊には足がなかったんだよね。おじいちゃんはどう。足は見えた？」

「よく見るとありますよ。正確に言うと足元だけが他の部分よりも極めて薄いんです」

「君の足は濃ゆいよ」

言いながら、濃くはないのか、と思い直す。けれど半透明の身体と同じトーンで彼の両足は見えている。スニーカーの側面にはナイキのマークがはっきり見えた。

「僕、他の霊と比べて個性的なんですよね。っていうか僕、ちゃんと頭あります？」

「……あるよ？」

衝撃的な質問だった。

「溶けてたり、ぐちゃぐちゃだったりしません？」

「ひっ……普通だよ」

「よかったあ。ほら僕、自分の顔が見れないから」

「そうなの？」

少年は頷く。

「鏡に映らないんです。見えない存在だから、なるほどって感じなんですけど。おまけに自分の顔も思い出せないし。僕、どんな感じですか。痩せてるのはわかるんですけど」

「白くて薄い」

「霊的な特徴でなくて」

「本当に白くて薄い。顔が」

呆《ほう》けた顔で宙を見る彼にとっては、満足のいく回答じゃなかったらしい。具体的な特徴を挙げることにする。

「目はね、幅広の奥二重。鼻は小さいけど整った形で唇は薄め。肌はすごく綺麗、に見える。白いから」

「何歳くらいに見えますか」

「私より若いかもだけど、さすがに高校生じゃなさそう」

明るいベージュの髪に大きなカールがかかっていることを告げれば「なんか、チャラくないですか」と他人事のように投げかけられた。どちらかというとコメディアンのように見えるけれど、言えない。

「ええと、お洒落《しゃれ》なんじゃない」

「そうなんですかあ？」

少年はまんざらでもなさそうに頭を掻く。

「うん。ピアスもしてるし」

「僕、ネックレスもしてるんです」

襟元に手を入れた少年がペンダントトップをつまみ出した。金枠にはめられた四ミリ程度の石は薄黄緑色。ダイヤモンドによく見られるラウンド・ブリリアントカットが施されていている。

私は目を凝らした。

「あれ、それもペリドットじゃない？　私の指輪と同じ」

「ええ？　キラキラしてないし、違いますよお。色も薄いし」

「それって君が透き通ってるからなんじゃ……」

まず光がなければ宝石は輝かない。そして彼は光にさえ無視されている。身につけている宝石だって、幻みたいなものだろう。

「ペリドットだよ」

偶然に驚き、見つめ合った。

「あ、もしかしたら僕、八月生まれなのかな。お姉さん言ってましたよね。八月の誕生石だって」

「うん。これはひとつ手掛かりができたかも」

わあ、と息を漏らした少年が天を見上げる。嬉しそうだった。

「君のこと、なんて呼んだらいいかな」

「ええと」

うろうろとさ迷う彼の視線が、蚊取り線香に行き着いた。

「……あ、じゃあ」

少年が顔を寄せる。幽霊なのにどきりとしたけれど、幽霊だからかもしれない。

「ユズ。ユズにします。お姉さんが果物の名前だから、僕も」

「わかった。ユズ」

とたんに発光した少年が透明度を増す。消えかけそうな危うさに目を見張るも、白い顔は溶け落ちそうに緩んだまま存在し続けている。

「お姉さん――桃さんの髪は茶色で、肩につかないくらいの長さですね」

「そうだよ」

「昼間は巻いてたけど、今はまっすぐ。前髪は横に流してます」

「うん」

「目は大きめで、くっきり二重。やや垂れ目です」

「私、自分の顔見れるよ」

「お互い目に映るのが嬉しくて」

おおそうか、と納得しながら私は、彼へ対する恐怖心が薄れていることに気付く。

警戒心なんて持ち合わせていないように晴れ晴れとした表情を見せる少年は、なんというか、幽霊らしくなかった。

「ユズは宝探しに未練があって成仏できないのかな」

「成仏って」

「したくないの」

ユズがじっと私を見つめる。物言いたげな雰囲気を察して、私は言葉を待った。

「まあ、このまま居るのは嫌ですけど」

何か考えを含むような言葉が、空を見上げる姿勢に誤魔化された気がする。急なよそよそしさを不思議に思ったけれど、そういえば元々親しくなかった。

8月1日　消えた幽霊を捜して

翌朝、ユズは家に居なかった。

ふらり出掛けていってもロを出すことじゃないけれど、あまりにも非現実な昨日が、今日へ続いている実感が湧かない。けれど起きたての陽に照らされた縁側には、燃え尽きた蚊取り線香の灰が残っている。夢じゃないのだ。

朝食後、砂浜へ出向いてみたけれど姿はない。昼には従兄《いとこ》の健二《けんじ》が訪れたので捜索を中断して、祖母と三人でお寿司を食べた。夕方、祖母の自転車に乗ってバリュへ向かう。昨日タクシーで辿《たど》った一本道に、半透明の男は居ない。

気が変わって出ていったのなら構わない。ただ、気を遣って出ていかれたなら胸につかえるものがある。ペダルを漕ぐ足が止まらなかった。バリュを横切り、脇本駅へ向かう。

構内に電車を待つ者の姿はない。改札奥の踏切から警報音が上がっている。進路を塞がれてしまう前にと遮断機の先を見れば、居た。線路にユズが立っている。こちらの気配を察した彼は、歓喜とばかりに両手を振った。

「捜しに来てくれたんですか！　よかった、僕、迷子になってたんです！　ありがとうございま――あ」

貨物列車がユズを通り越していく。私は驚愕して、硬直した。停車しない列車の運行速度はかなりのものだった。けたたましく響く滑走音が、まるで地獄の断末魔のように聞こえる。悪魔のお尻が過ぎ去った線路上に、ぽつねんと残される霊体。私は彼と見つめ合った。当たり前だけど無傷だ。

「ひぃ」

か細い悲鳴を漏らして歩み寄るユズが、私の正面で停止した。

「見ましたか。僕、電車に轢《ひ》かれました」

「やめてよお。死んだかと思ったじゃん」

「あ、もう死んでるようなものです」

あっけらかんと言い放たれて、肩がすくむ。

「なんか、軽いよね」

「僕、奥手なほうだと思います」

「そうじゃなくて」

ユズは現状を楽観的に捉えているように見える。幽霊の孤独に肩を落としても、死を悔やむ様子が見られないのだ。とうに諦めきっているのか、不安を見せないだけなのか、判別しがたいし、問うにはデリケートな内容に思えて言葉が濁る。

「ううん……いきなり居なくなったから。やっぱり一人のほうがいい？」

「まさか。違うんです。僕、朝方、桃さんに添い寝してたんですけど」

「ちょっと」

「リアリティー欲しさにうっかり意識を沈ませちゃって、駅に戻っちゃったんです」

「居間で寝てって言ったでしょ」

「寝るときは、ですよね。ほら僕、寝ませんし」

「すごい屁理屈だよ」

ユズは「えへへ」と笑って誤魔化した。

「で、昨日のタクシーでは桃さんにずっと話しかけてたでしょ。外の景色を見てなかったんですよね。家までの道がわからなくて」

「それで一日、駅に居たの」

「スーパーの辺りまでは行ってみたんですけど、桃さんと行き違いになったら嫌だなあって思って戻ってきました」

「私が捜すと思ってたの」

「はい」

たった半日程度で信頼されてしまうなんて。なんだか捨て犬に懐かれたような気分だ。最後まで手をかけられやしないのに、世話をしてやりたい葛藤に悩まされてしまう。

「どうして駅に戻っちゃうんだろうね――あ、ここで亡くなったとか」

言い終えてから、はっとして、口元を隠した。

「ごめん」

「いいですよ」

やはりユズは顔色ひとつ変えない。変わる顔色がないだけなのかもしれない。それでも万事快調、余裕しゃくしゃくとばかりに明るいのだ。

「私と会う前は一日中ずうっと歩き回ってたの」

「最初はやみくもに動き回りました。けど疲れちゃって。三日目に映画館に行きました」

「映画館って、どうして」

「無料で映画が見放題です」

咎《とが》めるような私の視線を察して、焦ったユズが余計饒舌《じょうぜつ》になる。

「週休二日制にしようと思って。自分探しの旅って案外疲れるんですよ。生身の旅でも自分なんて見つかった試しがないでしょう。僕のは本当の意味での自分探しだから、骨が折れます」

「まさか幽霊って映画館にたくさん居るの」

「映画館に限らず、テーマパーク系は絶好の幽霊エンジョイポイントみたいです」

私は遠い目で空を眺めた。入道雲が燃えるようなオレンジ色に染まっている。

「居るのは桃さんのおじいさんみたいな害のない霊ばかりですよ。みんな、守っている土地や人からちょっと離れてリフレッシュしてるみたいです」

「怖くない幽霊にも会ってたんだ」

「その辺の道端に居るのは大抵怖いんですけどね。地縛霊っていうらしいですよ。自分が死んだ場所だったり未練のある土地から出られないみたいです」

「……怖くない幽霊とは何か話したの。おじいちゃんみたいに話は通じるんでしょう」

「上映中に話しかけたら『マナー違反だ』って注意されちゃったんですよ。自分たちなんて生きてる人に重なって座ってるくせに」

ぐっと悲鳴を飲み込む。かつて私が腰を下ろした座席にも、幽霊が居たのかもしれない。

「けど何人かと話せました。どうしたらいいか相談したんですけど、みんな『記憶喪失の幽霊なんて会ったことがない』って。昨日、金蔵さんにも言われました」

「そう。とりあえず帰ろうか。私、おつかいの途中だったの」

駅を出て自転車にまたがると、ユズが荷台へ飛び乗った。私に運んでもらうつもりらしい。

「後ろに乗って風に飛ばされたりしない」

「風すら感じません。僕が乗っても重くないはず」

言葉のとおり、行きとなんら変わりない速度で車輪は回る。

駅を出て西へ。草木茂る道路沿いを数分行けば、やがて派手なピンク色の建物が見えてくる。バリュだ。

買い物を済ませ、駐車場を出たところでユズは大きな声を上げた。

「あっ！　アイスのおばあさん、まだ居る！」

歩道にはパラソルが立てられていた。赤と黄色の二色で構成された傘の下には、銀の釜を守るようにして椅子に腰かける年配の女性の姿がある。路上でアイスを売っているのだ。

「ババヘラアイスだね」

ババとは秋田の方言で「中高年の女性」をさす。ヘラでアイスを盛り付けるから、ババヘラアイスというみたいだ。このお茶目な名前の氷菓は、主に秋田で見られる夏の風物詩。アイスの色や盛り方は場所によって様々だけれど、中には綺麗な薔薇形《ばらがた》に盛り付けてくれる人も居る。口どけは滑らかで、さっぱりと甘く、素朴で優しい味だ。

「桃さん、桃さん。あの人すごいんですよ。ヘラを使って薔薇の形を作るんです。僕、午前中、見学してたんですよ」

「うん。いつも見かける。今年も元気そうでよかった」

「なんだ、知り合いでしたか」

「小さい頃によく買いに行ってたの。おばあさんはもう私のことわからないよ」

「桃さんは知ってるのに、寂しいですね」

「仕方ないよ。私、夏しか居ないし大人になっちゃったもん」

横断歩道を渡り消防署の横を過ぎた辺りから、車通りはうんと少なくなる。歩道のない道路沿いには、低い土手の下に田んぼが広がっている。

「そういえば柘榴の木のこと、おばあちゃんに聞いてみたの。やっぱりこの辺じゃ見たことないって」

「そうですか」

「でも、おばあちゃんも柘榴の木がどんなのか知らないのかもしれないし、一緒に探してみよう。どこかにあるかもしれないよ」

続く沈黙にためらう。手掛かりが途絶えて憔悴《しょうすい》しているんだろうか。やはり目に見える快活さは空元気なのかもしれない。

「ばあ」

ふいに腹から声がして目線を下げれば、突き出ていた。私の腹から、陽気なユズの顔が。

「ひ……！　ひぃいいいいっ」

「えっ、そんな驚く――うわああ危ないっ」

逃げる足が高速でペダルを漕いだ。冷静さを欠いたハンドル操作が蛇行《だこう》運転を繰り広げていく。果ての急ブレーキが仇《あだ》となって、私は自転車から振り落とされた。

田んぼへ転がる身体は、衝撃のわりに痛くない。何かに庇《かば》われた感触がある。瞳を開いてあ然とした。透き通るはずのユズの腕に守られている。抱き寄せられた部位に伝わる体温を感じ取った瞬間、身体はユズを通り抜けて浅い水田に沈んだ。

「ぎゃっ」

青々とした稲穂の隙間から覗く、空の冴え渡る青が、私の頭を醒《さ》ました。上半身を起こしてユズと向かい合う。彼は間の抜けた顔をしていた。

「僕、今、桃さんに触りました……？」

「さ、触った」

なのに土まみれの私と違って、ユズの身体はちっとも汚れていない。それでも確かに皮膚同士が重なる感触があった。まるで生きた人間のようだった。

「はっ、ごめんなさい。痛みますか」

「痛くはないけど……」

「道連れにしようとしたわけじゃないんです」

透明な両手は私の腕を何度も摑み損ねる。煩わしそうにユズが吠《ほ》えた。

「さっきは触れたのに」

「大丈夫」

立ち上がり、土手を上がる。倒れた自転車に損傷がないことを確認してほっとした。

ぽたぽたと泥水を落として帰路を辿る最中、ユズはひたすら私に謝り続けていた。


「あえっ！　なした！」

帰宅した私の姿を見て、祖母は目をむいた。

「田んぼに落ちた」

「馬鹿けぇ！」

祖母は食べかけのまんじゅうを放って、私の肩を強く揺すった。

「怪我してねぇが？　病院さ行ぐが？　風呂入れ、湯沸いでら！」

取り乱す祖母の足元で、ユズが土下座をしている。やめなよ、とも言えず風呂へ逃げれば、戸の向こうに入れ替わりでユズと祖母が現れる。

「痛くないですか」

「うん」

「湯加減どうだぁ」

「丁度いい」

「怪我してませんか」

「うん」

「傷に染みねえがぁ」

「怪我はしてないの」

「あざになってませんか」

「うん」

「海老っこ、天ぷらとフライどっちにする」

「天ぷら」

「ごめんなさい」

「ううん……っていうか扉の前に立たないでよ……」

祖母に気取られぬよう短い返事を送り続けていたけれど、迂闊《うかつ》に湯船から出られない状況にとうとう音を上げる。やっと気付いたようなユズは、もごもごした謝罪と共に場を去った。

風呂上がりに縁側へ出た。傾いた陽が庭を茜色に染めている。オクラの花は閉じ、トマトは昨日よりも赤みを増していた。

どこからともなく近付くユズは、私の守護霊みたいだ。気配のない存在にもだんだん慣れてきた。彼はまだ、申し訳なさそうに眉を垂らしている。

「ユズ、庇ってくれてありがとう」

「ごめんなさい」

両手で顔を覆い懺悔《ざんげ》する彼の肩をつついてみても、指先に突き当たる感触はない。もちろんユズは、自分がちょっかいを出されていることに気付けない。死後も働くのは、視覚と聴覚のみらしい。だから顔を上げてやっと彼は、自分の肩に私の指が貫通している事態を知った。

「内側に入られるって恥ずかしいです」

「入ったくせに」

「あ、スケベなことしてごめんなさい」

「さっきのは何だったの」

「幽霊パワーでしょうか」

「もう一度やってみて」

「無理ですよお」

「もしかしてユズって、魔法か何かで透明になってるの」

もう、おかしなことしか起こっていないのだ。常軌を逸した発想さえ、まかり通る気がする。

ユズは目を丸くしたまま何も言わない。私は付け加える。

「記憶喪失になって魔法の解き方がわからなくなっちゃったとか」

「ふははっ」

噴きだすユズに明るさが戻ったのは嬉しいけれど、笑われるのは不服だった。

「ありえなくないでしょ。私はずうっと魔法にかけられてる気分なの」

噛《か》みつけばユズは潔く頭を下げる。

「すみません」

「私、おばあちゃんと従兄に聞いてみたの。最近、近所で亡くなった若い男の子が居

なかったか。けど、心当たりはないって」

「この辺に住んでいたのかも微妙ですからねえ」

「ユズって何者なの」

「僕もそれを知りたいです」

なんだか腑《ふ》に落ちない。私はじっとユズを見つめて考え込む。熱視線を受け取る彼

は、頬を赤らめて戸惑った。幽霊なのに血が通っているなんて、おかしくはないか。

「ユズ、本当に幽霊なの」

「幽霊以外のなにかに見えますか」

見えない。でも、と私は主張する。

「さっきのユズ、生きてる体温だった。魔法じゃなくても、どこかで眠っていて今は幽体離脱してるとか、ありえない？　よくわからないけど……」

「はあ」

感心するような声を漏らすユズには、当事者の自覚がなさそうに見える。

「なんでそんなに冷静なの」

「え。そうですか」

「やっぱり変だよ。そもそもユズは自分が死んだって思ってるの」

「気付いたらこれでしたから、正直わからないです」

「まだ生きているっていう感覚は」

「それは、ううんと……死んでたらショックだから深く考えないようにしてます」

そう言われると、追及するのも気がはばかられる。「そっか」と言って視線を落とすしかなかった。

するとユズが、はっとした様子でポケットから昨晩の手紙を取りだした。

「もしかして、宝の場所に生身の僕が埋まっているんじゃ……」

土に埋まっているなら死んでるよ。そう思ったけれど、ユズがあまりにも真剣な顔をするものだから、黙って一緒に地図を覗き込んだ。


『①バラの女神』

『②ほたる』

『③ぶどう』

『④海□月』


何のことだかさっぱりだ。だからこそ思いついただけの冗談を吐きだせた。

「バラの女神って、ババヘラアイスのおばあちゃんだったりして」

突如、ぐりん！　と首を傾けたユズから異様な圧が漂う。こうして急に放たれる幽霊感が嫌だ。

「やっぱりそう思います？　見てください。文字がピンク色でしょう。これってスーパーの色を表しているんじゃないかって思うんです。その前でバラのアイスを作る女神……納得がいきますよね」

まさかの反応だった。私は「おお……」と、たじろぎながらも遠慮がちに頷く。

「ほかに、バラの女神から連想されるものってありませんかね」

「あ、だったら今日、私がつけてたネックレスもそんな感じかも。ローズクォーツっていうの」

パジャマのポケットからネックレスを取りだす。泥まみれになってしまったので風呂場で一緒に洗った。

台座にはめ込まれたローズクォーツは、淡い半透明の、優しいピンク色。楕円のドーム型に研磨された石の表面が、キャンディみたいにつるんとしている。

「石っていろいろな言い伝えがあるんだけどね、ローズクォーツはギリシャ神話に出てくる女神、アフロディーテに関連する伝説があるの」

「ほう。どんな伝説ですか」

「アフロディーテが誕生したとき、神様は彼女の美しさを称えて薔薇を作りだしたんだって。アフロディーテが通る場所には薔薇が咲いて、その薔薇の結晶がローズクォーツになったたっていうの」

ぱたりと動きを止めるユズが頭を抱えた。

「てことは、地図の①はローズクォーツ……？」

混乱させてしまったらしい。

「いや、さすがに石は関係ないんじゃない。地図だし」

「では『①バラの女神』はババヘラアイスと仮定します」

ユズが目元をきりりと上げる。すっかり名探偵の顔だった。

「つまり、スーパー・バリュから西の方向に宝があります」

「じゃあ縦線のずっと下の『④海□月』は海？　バリュの西の果ては海だよ」

「おお、海っぽいですね！　すでに海とも書かれてるし」

「じゃあ『月』って入るのはなんでだろう。間の『□』にも意味があるのかな」

「間の『□』はよくわからないけど、海には月が昇ります」

「安易すぎない」

「子供が考えた謎《なぞ》解きだと思えばこんなものじゃないですか」

「そうなのかなあ。地図を書いたのは大人っぽいけど」

思ったより簡単な問題なんだろうか。南の『②ほたる』と北の『③ぶどう』についてては何も摑めないまま、祖母に呼ばれて夕食に向かった。

8月2日　記憶喪失の幽霊

うだるような暑さだった。一切の水分を奪われたアスファルトは、地上を焼きそうに熱を上げている。歩き疲れても迂闊に腰を下ろすのは危険。世界は今、重力を増したように、威圧的な温度に包まれていた。

「うう、暑い」

通り抜けの悪い酸素を吸い込むたび、重たい熱が肺に取り込まれる。汗を拭う私の横で、ユズだけがひょうひょうとしていた。

「休みます？」

海岸沿いの細道に、逃げられそうな日影はちっとも見えない。傾斜を降りて広がる海に飛び込みたい気分だ。

「公園まで行こう。木陰があるから」

バリュから海までの道を辿っても、柘榴の木は見当たらなかった。地図下の四マスの解答欄を埋めなければ、辿り着けないのかもしれない。そして解答欄を埋めるためには恐らく、①から④の暗号を解かなければならないのだ。

よって私たちは捜索の対象を『③ぶどう』に変えた。『④海□月』が海そのものを指すならば、近い距離に引かれた逆十字の横線は、海沿いに当たる気がする。

なんとなくの推理で進むけれど、あてもなくさ迷う身体が日焼けを増すだけだった。近所には柘榴どころか葡萄《ぶどう》の木だって見かけたことがない。


立ち寄った公園は田んぼ二反ほどの広さがある。遊具はブランコと、トンネルが通ったコンクリートの山のみ。背の低いサイとラクダのオブジェは、子供の椅子代わりなんだろうか。大人が腰を下ろすには不安定な作りだった。

昔はほかにも遊具があった気もするけれど、思い出せない。水道は塞がれ、雑草に埋もれたベンチは役目を拒んでいる。人が集わなくなった空間は、緑色の生命に覆われながらも、もう生きていないように思えた。

「ここ、涼しいんじゃないですか」

岩山のトンネルからユズが手招きをする。くぐった薄暗闇には圧縮された熱が留まっているけれど、刺すような日差しからは守られた。両膝をかっちりと折りたたんで、私は陰に収まった。

「昔、近所の子たちとここでよく遊んだんだ」

「今も仲がいいんですか」

「全然。いつの間にか遊ばなくなっちゃった」

「あら、それは寂しい」

「小さいときって怖いもの知らずで、学校とか関係なく仲良くできちゃうんだよね。私の従兄も入れて六人くらいで集まってた。確か近くに、遊んでた女の子の家があるんだよ」

「遊びに行っちゃいます？」

「無理だよ。今はお互い会ってもわからないと思う。何個か年下で、背が高かったことを覚えてるくらいで、顔も名前も思い出せないの。忘れちゃうのって寂しいね」

遠い記憶が、今はぼんやりとした膜の向こうに追いやられて出てこない。

忘却された時間を知って、ほろほろ崩れる心に気付いた。ほころびを修復すべく正しい記憶を探っても、不透明の意識がビロードのように過去をくるんでしまう。

「忘れたんじゃなくて眠ってるだけですよ。しあわせな思い出は胸の中にちゃんと残っていて、いつかふいに起きる日が来るんです」

まるで自らに言い聞かせるように言うユズに、私は迂闊な発言を後悔した。

しかしユズは傷心していない。「思い出って、心の中のお守りみたいですね」と、良いことを言ったというように唇の両端を震わせている。

「そうだね。私、疲れちゃったときに秋田を思い出すの。そうすると慰められるんだ」

　思い出は人を治癒し、生きる力を与えるんだろう。そうして人が当たり前に与えられる恩恵を、ユズは受け取れないのだと思うと、せつなくなる。

　トンネルから丸い景色を眺めた。背の高い雑草と無秩序に枝を伸ばす松の木が、遠方に見渡せるはずの海を遮っている。付近の植物に目をやれば、葡萄のような形で房に垂れ下がる小さな花々が見えた。花びらの中央には緑の実がついている。あの植物を知っている。

　ひとつ、思い出が目を覚ました。

「昔、ここの植物で事件が起きた」

「事件？」

「その辺に白い花が咲いてるでしょ。ヨウシュヤマゴボウっていう植物なんだけど、秋になると濃い紫の実をたくさんつけてね、潰すとすごい色が出るんだよ」

「へえ」

「けど私、秋には居ないから、近所の男の子が袋いっぱいに摘んだ実を、次の夏まで冷凍保存してくれてたの。ジュースにして一緒に飲もうと思ったんだって」

「あれ、食べられるんですか」

「ううん。根と葉には毒がある。実にはあまり含まれてないらしいんだけど、食べるものじゃないよね。誰も知らなくてさ、おばあちゃんちの台所でジュースにしてるときに、おじいちゃんに止められた」

「うわあ、間一髪ですね」

興味に誘われたらしいユズがトンネルを抜けて、実を観察しに出た。つられた足が日向を踏む。あちこちに交差する緑の隙間からは海の青が見えた。

「全然ゴボウっぽくないですね」

「私たちは山葡萄って呼んでた」

「葡萄？」

「うん——あれ？」

「もしかして、地図の『ぶどう』ってこれですか」

「いや、まさかね」

互いに思いを巡らせる無言の隙間を、さざ波が埋めてゆく。

周辺を探るべく歩みだしたユズは開けた場所から海を望むと、水平線に浮かぶ船を指先でつまんだ。瞬間、ふわり薄布がはだけたような脳内に浮かぶ映像は何だろう。意識が遠い記憶に溶け込んでいく。

ぜんぶが小さく見えるね。

そう声を弾ませた男の子の、夕焼けに染まる横顔を思い出せない。

「全部が小さく見えますね」

「え？」

まるで過去が繰り返されたようだった。私は驚いて、ぽかんとユズを見つめた。

「どうしたんですか」

不思議そうに目をやるユズと視線が合わさって、私の中で何かが弾けた。

8月3日　幽霊と宝石のアトリエ

雨音に目覚めを誘われて、光の薄い天井を見上げる。ぼやけた意識の中に昨日の記憶を探すのは、ここ数日の癖。幽霊との生活は決して夢の中の出来事じゃないのだと、起きたての身に沁み込ませていく。

寝室の戸を開いて縁側に出れば、見える景色がさらに現実を言い聞かせる。閉め切ったガラス戸越しに庭を眺めていたユズは、私に気付くなり気の抜けた笑みを向けた。

「おはようございます」

「おはよう」

二人同時に見上げる空は、昨日と一転して絵具で塗り替えたような青灰色だった。細かな雨は絹糸みたいだ。静かに地上を濡らしている。

傘を差して目的なしに徘徊《はいかい》するのも要領が悪い。家で過ごそうと告げるユズに頷き、朝食後、祖父のアトリエへ向かった。

縁側の突き当たり、扉は六畳半の半地下に続く。

電気をつけて短い階段を下りる。ワインレッドの絨毯《じゅうたん》が敷かれた小部屋には、壁沿いの本棚に挟まれるようにして、木製机と革の擦り切れた回転椅子がある。

ここだけ違う匂いがする。老いた木材、古紙は長い歴史を吸い込んで、英知の香りを放っていた。

机の引き出しには祖父が集めた宝石、半貴石、原石、ビーズといったものがコレクションされている。ジュエリー加工に用いる台座や資材、工具も揃《そろ》えられたままだった。これだけまとまった金や宝石は、売ればそれなりのお金になるだろうけれど、祖父の死後、祖母は手を付けていないらしい。

机には祖父お気に入りの石標本がある。小さな宝石や原石が額の中、木製板の仕切り別に並べられている。薄く埃が積もったガラス板を布で拭う。石たちは蛍光灯の光を浴びて、目覚めたみたいにきらりと光った。

「この部屋、好きですね」

「秘密基地みたいでしょ」

幼い私にとって、アトリエは宝箱そのものだった。

私はここで、祖父から様々なことを教わった。宝石の種類、性質、産地や手入れの仕方。特に石に関する言い伝えは、おとぎ話を読み聞かせてもらうようでわくわくした。

「石の本ばかりですね」

「推理小説とかホラーの本も結構あるよ。読む？」

「夜が怖くなるからいいです」

幽霊なのに、とは言えず宝石辞典を手に取った。机に広げれば、前のめりに覗き込むユズが興味を示す。

「ペリドットを見たいです」

「ペリドットね」

辞典のペリドットには、写真でも目が眩《くら》んだ。まるで目いっぱいの太陽を浴びた新緑の季節を切り取ったように、純粋な緑色をしている。

ほう、と息を漏らすユズも、その透き通る美しさに胸を打たれたみたいだった。

「すごく濃い緑。これは上質だね」

辞典を見るのは初めてじゃないのに、私は毎回感動する。まるで息を吸ったそばから新鮮な緑に染められていくような、身体中に強い生命力が吹き渡るような、そんな魔法をペリドットにかけてもらった気分になるのだ。

「そういえば、誕生石を持ってるといいことがあるんですか」

ユズが自分の胸元からペリドットのネックレスを引っ張りだした。

「災いを避けて幸運を呼び寄せるお守りになるって言われてる」

「災い、避けられてないですねえ」

あっけらかんと述べられても返答に困る。

「ユズ、八月生まれだったら今月が誕生日だね」

「歳はとれませんけどね」

「う」

「幽霊ジョークです」

そんなジョークは笑えない。軽く笑い飛ばすユズをよそに、私は気まずく視点を変えた。

「ペリドットって隕石の中に見つかることもあるんだよ」

「隕石から？　かっこいい」

「ごく稀だけどね。あとね、戦争が起こるとペリドットが世界的に流通するって言われてる」

「どうしてですか」

「昔からペリドットは、不幸を祓い身を守ると信じられてきたの。だから兵士がお守り代わりに身につけていたりしたんだって。それに『平和』や『希望』っていう石言葉があるから、終戦や大切な人の無事を願って手にする人たちが居たのかもね」

ユズが「へええ」と大きく二度頷く。関心を持たれていることが嬉しくて、私は「それにね」と言葉を続けた。

「単純にペリドットを見てると元気な気持ちになれるっていう部分も大きいんじゃないかな。世界がどんなに絶望的な状況でも、ペリドットはひたすら明るい。暗い場所でも光を放つ、それこそ希望みたいな輝きに、みんな支えられるのかもしれないね」

「希望のお守りだ」

唸るように述べるユズが、私の耳元に目をやった。

「そのピアスも宝石ですか」

「うん」

耳たぶから金のフックを外して、乳白色の宝石を見せた。

「ムーンストーン」

「あれ、すごい。色が変わって見えますよ」

「そうなの。それが魅力なの」

ムーンストーンは角度によって、滲むような光の帯が浮かび上がる。外側へ輝きを放つダイヤモンドやペリドットとは違って、内側に光を秘めた石だ。

「宝石のカットにもいろいろ種類があるんだけどね、私、ムーンストーンはこの丸い山型のカボションカットが一番好き。魅力が一番引き立つ気がするから。石の個性に合わせたカットをすると、新しい命が吹き込まれたみたいに、うんと美しくなるんだよ」

「なんか、あれだ。クラゲみたいです」

「クラゲって海に浮かぶ白い月に見えることから、漢字で海と月って書いてクラゲって読むようになったみたい。ムーンストーンもお月様の石ってことだから似てるよね」

「え」

ユズがポケットから手紙を取り出す。地図に示された『④海□月』を見ているのがわかった。

「これ、本当に石が関係してるんじゃや……『バラの女神』もローズクォーツみたいって話してましたもんね。だったら『④海□月』はムーンストーンじゃないですか」

「ええ、そうかなあ」

だとしたら『月』とのみ記されたほうが納得できる。ムーンストーンは日本名で月長石と呼ばれているから。でも、ほかはどうだろう。

『②ほたる』、『③ぶどう』。これらは――。

「……あれ、蛍。それに――いや、まさか」

ふと、浮かび上がる関連性。おかしな公式が理解をかすめた気がする。

「何か解けました？」

期待を含んだユズの眼差しを受けて、私は自信がないまま仮説を立てた。

「関係ないと思うんだけど……石には日本名も付けられてるの。ムーンストーンは月長石。それからガーネットは柘榴石でしょ。フローライトは蛍石っていうんだけど」

丁度、すべて机の石標本に飾られていた。指さすガーネットは赤色の原石で、少しだけ茶色がかっているけれど透明感は抜群。フローライトはスクエアカットのルースで、青、緑、紫のグラデーションが観察できた。

「あれ、あれれれ」

ユズは目をぱちくりさせて、地図と標本を交互に見た。

「これ、やっぱり石の暗号ですよ」

「ローズクォーツの日本名は紅水晶だけど、石の物語を読み解くとそうなる……よね」

「じゃあ『ぶどう』はなんでしょう」

まさかという疑念に反して、芋づる式にぽんぽんと摑む可能性に興奮を覚えた。

額に収まった紫色の原石を指さす。群集した六角柱の透き通る先端が、ちかちかと煌めいている。

「アメシスト。日本名は紫水晶だけど、ギリシャ神話では石になった少女の身体に葡萄酒をかけたことで生まれた宝石って言われてる。だから、この暗号が全部石に基づいたものなら、①から④の意味は読み取れた」

「すごい！」

　拍手するユズの手元から、音は上がらない。

「もしかして、土地に存在するものを石にたとえてるんでしょうか。『①バラの女神』がババヘラアイスでローズクォーツ」

「『④海□月』は海で、ムーンストーン……で、いいのかなあ。海ならアクアマリンのほうがしっくりくるけど」

「アクアマリン？」

「うん」

　辞書をめくる。あ行のアクアマリンは冒頭のページですぐに見つかった。掲載されているのは、ペア・シェイプと呼ばれる涙型のルースだ。

　アクアマリンはその名のとおり海を連想させる水色の宝石で、穏やかな春の水面みたいに優しい雰囲気がある。この、そっと心に寄り添うような色彩が私は好きだった。

「おお、海の雫《しずく》みたいです」

「ね。アクアマリンを見ると秋田の海を思い出すの」

「こんなに綺麗じゃないですけどね」

　爽やかに言い切られた。

「昔はもっと綺麗だったんだよ。海も砂浜も」

「まあ、ひとまず『④海□月』は保留ということで……『③ぶどう』は公園のヨウシュヤマゴボウ。イコール、アメシストですよね」

でも、と私は遮る。

「山葡萄って呼んでたのはきっと私と、昔遊んだ子たちくらいだよ。違うと思う」

「けど地図の位置的にも合ってませんか。他の人にも葡萄みたいに見えてもおかしくないですよ」

「そうかなあ。石の謎解きなんて物好きすぎない。解答欄の意味もわからないよ」

地図の下に用意された四マスは、一文字ずつを記入するように作られている。それぞれの石の名前を入れるのでは不正解だ。

「残りの『②ほたる』の場所を探しましょう。全部の土地がわかれば、解答欄の答えに繋がるかも」

雨音に支配された小部屋で、ユズの瞳だけ晴れている。

手掛かりがあるかもしれない、と、再び宝石辞典をめくる。フローライトのページを開いたところで、ユズが首を傾げた。

「標本の石と色が違いますよ。青緑だ」

「フローライトは多色性を持った石なの。切り取られる場所で印象が変わる。ほら」

机の引き出しを開ける。ケースで仕切られた一角には、八面体のフローライトが無造作に重なっている。澄んだ緑から、淡い黄色、少し寂し気な青色まで個性は様々。青と紫が入り交じる個体なんかは、海辺の夕焼けを思わせる。

「同じ石なのに、ここまで違うんですね」

「昼と夜で色が変わる石もあるんだよ」

「すごい！　どれですか」

前のめりに辞典を覗くユズの姿が嬉しくて、私もつい熱心になる。あれこれと解説を続けて終盤のページをめくったとき、一枚の写真がはさまっていることに気付いた。色褪せた光沢紙には長い時間の経過が見られる。縁側に座る浴衣《ゆかた》姿の幼い私と、祖父母の姿が写っているのだけれど、撮影者が下手らしく、かなりぶれている。

「桃さんですか。小さい」

「うん。小学校、三、四年生くらいかなあ」

「すごくぶれてますね」

「健二が撮ったのかも」

「健二？」

「従兄なの。車で十五分くらいの所に住んでる。ユズが居なくなった日、遊びに来てたんだよ。今度、水族館に連れてってくれるって」

「やったあ」

咎めはしないけれど、ついてくる気満々だから可笑《おか》しかった。

「見て。地下で見つけたの」

居間で寝ころびテレビを眺めていた祖母へ、写真を差しだす。ピントを合わせるように目を細めて、祖母は呟いた。

「懐かしなあ。祭りの日だな」

「そうだったっけ」

「夜、うちで近所の子らと飯食ったべ。これもその中の子が撮ってくれたんだよお」

「まだ近くに住んでるのかな」

「この子は引っ越したな」

やがて眠りに落ちた祖母にタオルケットをかけて縁側へ出れば、雲間から光の帯が射していた。畑で露を落とす夏野菜が、実る宝石のように輝いている。

入道雲を映した水溜まりの上に立つユズが、一人でしゃべっていた。彼の笑みが向く何もない空間には、きっと祖父が居る。

私に気付いたユズが手招きをした。この展開を待っていた自分がいる。祖父と私の関わりは、ユズが居ないと成り立たない。

ガラス戸を開けて、足を入れたサンダルは水浸しだった。小さな悲鳴を漏らしながら、他者には見えない輪へ入る。

8月4日　昼の林道、夜の幽霊集会

起き抜けには暴力的すぎる日差しに目が眩んで、顔を伏せた。

「寝起き悪いですよね」

縁側で晴れ空を見上げていたはずのユズが、いつの間にか背後に回っている。

私の背筋は一気に伸びた。

「気配がないの自覚して」

「桃さん、聞いてください。僕、友達が増えました」

「……友達？」

「昨晩ご近所さんが集まって、みんなで花いちもんめしたんです。僕、ずっと『あの子が欲しい、あの子が欲しい』って求められちゃって……」

恥ずかし気に身をよじるユズを見つめながら、みるみる下がる自分の体温を感じた。

「おじいさん、よくお庭に友達を招いてるみたいですよ」

「友達って、人間？　生身？」

「あはは。身のない友達に決まってるじゃないですか」

身体の内側が一斉に絞られた。恐怖で縮み上がる、とは、こういうことなのだ。

睨めばユズはきょとんと首を傾げる。なんとなく、あざとい。

すでに朝食を終えた祖母は玄関先に居るらしい。近所の住人と世間話をする声が聞こえてきた。どちらも耳が遠いんだろう、午前八時前、上がりっぱなしの声量が近隣への迷惑にならないかと気が気でなかった。

居間で一人、用意された朝食をとっていれば、祖母が笹を抱えて戻ってきた。笹は彼女の身の丈ほどある立派なものだった。

「向かいのじいさんから笹もらった」

「あ、もうすぐお祭りか」

「んだ。願い事いっぺえ書け」

八月の六、七日、町内では「山車《やま》どんど」という七夕行事が開催される。路上には灯籠《とうろう》が吊《つ》るされ、家の前に笹が立てられる。飾りたてられた町中で、人々が山車《だし》を引き歩くのだ。

「私、短冊《たんざく》買ってくる」

より暑くなる前に、と午前のうちに外へ出た。買い物ついでに、南を指す地図の『②ほたる』を探しに行く。

『③ぶどう』が公園だと考えるなら、まっすぐに引かれた横線からして、海岸沿いの道を公園の反対方向へ行けばいい。果ては細い林道に入る。舗装されたコンクリートの歩道はやがてデパートの跡地に辿り着くのだけれど、公園までの横線と同等の長さからして、林道は越えないだろう。だいたい手前までの道のりに『ほたる』、つまり日本名が「蛍石」のフローライトに結び付く何かがあるはず。私たちの推理が当たっていればなのだけれど。

移動は自転車にした。道沿い、左手にぽつりぽつりと横切る民家はほとんどが空き家のようだった。不自然に開けた空間は建物が取り壊された跡地だろう。公園と同様、緑の生命が侵食を果たしている。

道の右側には海が広がっている。深い青の海面は朝の日差しを受けて、はしゃぐように煌めいていた。

荷台にユズを乗せて、何の収穫もなしに車輪は進む。とうとう林道にさしかかってしまった。

「さすがにこの先は行き過ぎだよねえ」

自転車を降りて踏み入れた木々の住処からは、磯の匂いが薄れた。ぐっと彩度を上げて茂る草木は、夏のドレスを纏うよう緑をふんだんに広げて、地へ木漏《こも》れ日のレース模様を落としている。陰る世界で温度が冷えた。避暑地を見つけた気分だ。

「もしかして、ここに蛍が住んでるんじゃないですか」

「蛍って川に居るんじゃないの。海辺のイメージないよ」

「そうかあ」

ユズは一本道を見つめた。

「この先はどこに繋がるんですか」

「ジョイフルっていうデパートがあった場所。結構歩くけどね」

「散歩に良さそうな道ですね。立派なカブトムシが居そうです」

「居るかもしれないけど、森に入るのは危ないかも。昔、ここでかくれんぼをして女の子が行方不明になっちゃったの」

「行方不明？　事件じゃないですか」

「というか隠れるのがすごく上手な子だったんだよね。夕方になってもみんな見つけられなくて、親たちまで入って一緒に捜す騒ぎになっちゃったの」

「ちゃんと見つかったんですか」

「うん。そんな騒ぎになってるって知らなくて、ずっと上手に隠れてたみたい。でも暗くなるまで一人で居たのが心細かったのか、見つけてくれた男の子に抱きついて泣いてた。私たち、その子のお母さんにすごく怒られて叩かれたんだ」

「誰も悪くないのに」

「でも男の子だけ叩かれなかったんだよ。毒ぶどうジュースの子」

「なんでですか」

「その子だけ女の子が庇ったの」

ユズが、うわあ、と間の抜けた声を上げる。「それは不服だ！」と声を尖《とが》らせたけれど、面白がってるみたいだった。

「それからはちょっと嫌な思い出のある場所になっちゃったけど――小さい頃はお母さんとおばあちゃんと、この道を歩いて買い物に行ったよ。バリュができる前はジョイフルが一番近いスーパーだったの」

「昔はご両親と秋田に来てたんですよね。今年は一緒じゃないんですか」

「結婚三十周年記念で台湾旅行に行くんだって」

「おお、おめでとうございます。そういえば桃さん、大学生になってからは秋田に来てなかったんでしょう。今年の夏はどうして来ようと思ったんですか」

「そうだねえ」と私は地面を見つめた。揺れる影世界に人影は私のものしか映らない。

「大切な人と、いつ会えなくなるかわからないから」

祖父が亡くなって、私は秋田に来なかった数年を後悔した。大切な人との再会が、当たり前に果たせるとは限らなかった。

「バイトや大学のことを理由にしてこっちに来なくなっちゃったけど、そんなの大した理由じゃなかった。工夫すれば時間なんていくらでも作れたし、どうにでもできたのにね」

お金や勉強は、きっと頑張り次第で取り戻せる。けれど人の命は戻らない。そして会わずにいた時間の後悔は、ずっと胸に残り続けるんだろう。

私は顔を上げる。木陰に佇《たたず》むユズの色はいつもより霞んでいた。

「だからね、おばあちゃんには会えるときにたくさん会っておこうと思って」

「じゃあ僕、このままで居れば来年も桃さんに会えますか」

浮足立った様子で何を言うんだろうと思いきや、本当に彼の足は浮いているんだった。

「会えるかもしれないけど、このままじゃ嫌でしょ。それに本当にユズが亡くなってるのかもわからないし……」

後半、言葉が沈んだ。放っても良い主張なのか悩ましく、自信がなかったから。

「幽体離脱説ですね。ありえなくないですね」

返される言葉は相変わらず軽い。

「さて戻る？　進む？」

問いかければ、ユズの視線が来た道を向いた。

「僕、ちょっと気になった場所があって」

空き地の隅には柚子の木がぽつねんと佇んでいた。置き去りにされたような大木が、寂し気に老いて見える。艶の良い尖った葉の所々からは、緑色の実が顔を出していた。順調に迎える収穫時期を前にしても、もう喜ぶ者は居ないんだろう。かつてあったはずの一軒家は取り壊されている。

くたびれた幹を労わるように、ユズは指先を滑らせた。

「柚子がなってます」

「うん」

「もらっていきましょう」

「泥棒はだめだよ」

「誰の土地でもなさそうですよ」

「ここ、遊んでた子の家があった場所なの」

名前は思い出せない。当時ですら知っていたのかも曖昧だった。

無邪気の魔法はいつ解けてしまうんだろう。決まりごとのようにみんなが集った夏は、いつの間にか自然と途絶えた。会わなくなった私たちは、いっそ他人よりも遠くなった。

林道で行方不明になった背の高い女の子とは、何度か夏のバリュで会ったけれど、互いに相手の存在を追いやるように顔を背けて、沈黙を呑み込むだけだった。気恥ずかしかっただけなのに、たった一度の選択で距離は一層広がってしまう。

「ここに毒ぶどうジュースの子が住んでたんだよ。その柚子でジュースも作った」

「ジュースが好きですね。成功しましたか」

「酸《す》っぱくて飲めたものじゃなかったの」

苦笑しながら、届きそうな実に触れてみる。

「気を付けて。棘《とげ》がありますよ」

ユズから飛びだす知識に驚いた。柚子の木には棘がある。二センチ近くある棘は、薔薇の比ではない。昔、迂闊に触った健二が怪我をしてしまった。

「詳しいね」

「なんでか知ってました」

「だからここが気になったの」

「そうなのかなあ」

「まだ青いから収穫には早いね。でも、いい匂い」

すうっと鼻から息を吸う仕草を見せるユズが首を傾げた。彼にとって世界は無臭、そして無感触。脱力した笑みを浮かべて、ユズは歩きだす。後に続く最中、脳裏に幼い笑い声が蘇った。振り返る空き地に、子供たちの戯れる過去が浮かんだ。

連日、夕刻に響く和太鼓の音は祭りの練習だろう。

網戸から通り抜ける蟬《せみ》の鳴き声は正午よりも勢いを落として、時折吹き込む風はどこか物憂げな日没の気配を知らせていた。心落ち着かせるのは、台所から響く包丁の音。引き戸を隔てた先で夕食の支度をする祖母は、きっと魚を煮ている。夏の夕方に何度も嗅いだ匂いだ。甘じょっぱい優しさに、心が解《ほぐ》されていく。

「短冊、なんて書いたんですか」

隣からひょっこりとユズが顔を覗かせた。

私は声を潜めて答える。

「家内安全」

「なんか夢がないですね」

「ユズだったらなんて書くの」

「空を飛びたいとか」

「飛べないの」

「頑張ればいけそうな気もするんです」

「書いてあげる」

色付きの短冊から黄緑を選んだ。私が思うユズの色だ。

「桃さん、お祭り行きますか」

「うん。すぐそこだし。健二も来るよ」

「従兄の？」

「うん。一緒に見る約束してるの」

「僕と見てくれないんですか」

ユズがつまらなそうな顔をする。

「ちゃんとユズも連れてくよ」

「じゃあいいや」

陽気に切り替える彼を見ながら、ずいぶん懐かれてしまったものだ、と思う。

台所からやって来る祖母の気配を察して、私は口を閉ざした。後方で引き戸が開かれる。

「飯にするど」

まだ午後四時を過ぎたばかりだ。祖母の夕食は早い。

少し曲がった腰のせいで、祖母は俯《うつむ》き気味に箸を握る。ぽつぽつと白米を食べる姿が、どこか寂し気に見えた。普段はこうして一人、食事をしているんだ。

「ほら、もっと刺身っこ食え。秋田の刺身さ、んめぇよ」

「このマグロ甘いね。おいしい」

「埼玉じゃこんな刺身食えねえべ」

「うん。私、秋田のお魚が一番好き」

魚だけじゃない。秋田の夏が一番恋しくて、せつなくて、満たされる。海だって特別綺麗なわけじゃないけれど、見ているだけで安心するのだ。

居間の青いソファ。すりガラスの花柄模様。劣化を見せまいと二重に敷かれたカーペットや、テレビ台にふたつ並ぶ百円ショップの達磨《だるま》も全部、私の好きなもの。見飽きるほど見慣れた風景と、積み重なった年月の匂いが、私の細胞に染みついている。それらはたとえ何年ぶりであろうと、ここへ戻った私に「おかえり」を告げてくれる。帰宅する家は他にあるけれど、帰ってきてもいい場所があるのは、恵まれていることなんだと思う。

白米、刺身、茄子《なす》の揚げ浸し、魚の煮つけ、じゃがいもの味噌《みそ》汁、カキフライ。連日振る舞われる夕食は、わりと堪える量だ。無理くり詰め込み、縁側で腹を休ませていると、下着姿の祖母がスイカを差しだした。

「朝げ、何食う？」

「め、目玉焼き……」

こうして朝は昼食を、昼は夕食を、夜には朝食の献立を問われる。祖母は昔から食にせっかちだ。そして睡眠にもせっかちな彼女は、午後七時を過ぎた頃、寝室に消えた。

夕方、ユズは祖父と浜辺へ「集会」に出かけた。脇本の霊的な治安について、みんなで意見を交わす場らしい。誘われたけれど、生身の人間が一人で行きたいはずがない。

久しぶりの一人だ。なんとなく、胸がぽかんとする。

寝そべって見上げた天井には雨漏りの跡がある。私は秋田の梅雨《つゆ》を知らない。あるはずの季節を見られない神秘性がまた、脇本での限られた時間を尊く思わせた。

夜風が身体を撫でる。明日は晴れだ。星空は霞みなく町を包んでいる。

庭の隅々からは自然の会話が聞こえる。風に揺れる草木が優しく笑い、虫たちがささやく。クビキリギスだけが昼間みたいなテンションで、ジーーッとうるさく唸っていた。

畑のオクラはそろそろ収穫できる。トマトもずいぶん赤みを増した。ずんずん膨らむ夏野菜の色彩が、闇に映えて艶めかしい。みんな、夜に微笑んでいるみたいだ。

平和だ。安心できる場所だ。世界に在りながら、世間から遠く離れた気分だった。

浜辺に居るユズはどんな顔をしているんだろう。私だったら嫌だな、集会なんて。大勢の中で意見を言うのは苦手。だからといって黙ったままで居るのもいたたまれない。挙句の果てには無理やり、頭をひねって思ってもいないことを口走ったりする。きっとユズは上手くやるんだろう。明るく人懐こい性格だ。

人間も石のように個性が違う。脆《もろ》かったり、強かったり、硬いのに一定の方面にはめっぽう壊れやすかったり。ぼこぼこ、つやつや、ざらざら。綺麗で儚くて、曇って汚く見える表面の奥に、とてつもない輝きを秘めていたりする。

ユズはなんとなく、ペリドットみたいだ。

深夜零時を過ぎても、ユズは戻らなかった。ちゃんと帰ってくるだろうか。祖父も居るのだから大丈夫だとは思う。ただ、ユズは相当変わった幽霊だ。いつ何が起こるかわからない危うさがある。

布団の中、両足が疼《うず》く。頭まで被ったタオルケットから顔を出して、決意した。起き上がり、仏壇から日本酒の瓶を拝借する。懐中電灯を握って縁側から外へ抜けた。

ああ、またこの空気。昼間おおらかだった海は今、夜にもがき呻いている。真っ暗闇の中、うずまく未知に引きずり込まれてしまいそうで怖かった。身の安全が保障されない場所では自然にすら足がすくんでしまう。

家から一番近い、流木のある海岸にユズの姿はない。場所を聞いておけばよかった。海はここから北と南に広がっている。

生温い潮風が背中を這《は》う。一帯は見えない存在に埋め尽くされたかのように、重い空気に包まれていた。

ふいに隣の海岸から笑い声が上がった。どきりとして、すぐにほっとする。この陽気な声はユズだ。

ずらりと並ぶ消波ブロックによって、海岸は何カ所かに区切られている。一旦歩道へ上がって左隣の砂浜へ向かった。

「南無阿弥陀仏南無阿弥陀仏」

小さく吐きだす念仏はお守りのようなものだった。

草藪の傾斜を下る。途中、何かが足元を横切った。虫か、猫か。蛇《へび》だったらどうしよう。なるべく地に足を着きたくない。片足でジャンプをしながら進む。

「南無阿弥、陀仏っ。南無阿弥、陀仏っ。南無阿――」

砂浜が見えたとたん、白い影に視界を塞がれた。

「何してるんですかあ」

「みいいぃいやあぁーっ！」

気配がないって本当、心臓に悪い。私は尻餅をついた。秋田に来てから尻餅ばかりついている。

相手がユズだとわかっても、鼓動はうるさいままだった。

「やだ、驚かせないで！」

「こっちも驚いてますよ。念仏唱えてるんだもん。霊媒師が来たぞ！って、みんな隠れちゃいました」

「ごめん」

素直に謝れば、しゃがみこむユズが目線を合わせた。

「大丈夫ですか」

「大丈夫」

立ち上がり、服を叩く。はらはらと散る砂がサンダルに入り込んだ。

「やっぱり来たかったんですね」

「来たくないよ」

「じゃあ何してるんですか」

「散歩」

「危ないですってば。おばあさんに叱られますよ」

「うん、もう帰る。邪魔してごめんね。みんなに謝っておいてくれる」

「大丈夫です。みなさんすぐそばで聞いてますから」

背中に悪寒が走る。逃げだしたい衝動をこらえる身体が不自然に帰路へ傾いた。

「そう……じゃあ。おじいちゃんも楽しんで」

半笑いで表情を固める。あからさまな恐怖を示しては失礼だ。

「一緒に帰ります」

ユズが隣に並んだ。

「いいよ。集会の途中でしょ」

「帰りまーす」

ユズは暗闇に手を振ると、私に合わせて歩きだした。

強張った胸が一気にほぐれていく。私もだいぶ、ユズに懐いているみたいだった。

アスファルトへ上がったところで、空が弾ける音を聞いた。近くの海岸で花火が上がったらしい。

静かな夜の不意打ちに身体が仰け反る。とたんに手元から落下した日本酒の青瓶が、違う音を立てて地面に散った。

「わあっ、大丈夫ですか」

はち切れる火花が夜空に咲くたび、炸裂音に身体を打たれる。

「あ……やっちゃった」

瞳に花火の残像を映したまま、懐中電灯で地面の割れガラスを照らす。瞬間、チリチリと疼くこめかみに記憶を叩かれた。

いつか炎の中で弾ける石を見た。空の缶詰に枝を入れ、火をくべて、ポケットから取りだしたのは八面体の結晶。緑、紫、青、黄色。蛍光がかった砂糖菓子みたいな石だった。そうだ、あの石は——。

「フローライト……蛍石……蛍だ」

「ええっ？」

記憶の糸を引かれるように振り返る。林道の手前の、柚子の木のある空き地。あの家の裏庭で、危険な実験をした。でもこれは私の記憶。ユズの地図とは関係ない。

「怪我してないですか」

近寄るユズの顔に驚いて、意識が過去から今に帰った。

「桃さん、歩き酒なんて不良ですよ」

「聖水だよ」

難解、とばかりに目を見張るユズの背景にまた花火が上がる。南の海岸からは、かすかに複数の若い笑い声が聞こえた。

「私ね、小さい頃、昼間の空き地でおじいちゃんにこっぴどく怒られたの」

「柚子を盗んだんですか」

「違うよ。近所の子たちと石を燃やしたから」

ただの昔話なのに、なぜかどきどきした。

「フローライトの日本名は蛍石って言ったでしょう」

帰路を辿る両足は、引き寄せた思い出から離れぬよう、ゆっくり進む。

「それって由来があってね、フローライトの破片を暗い場所で火にくべると、蛍みたいに発光するからなの」

「それを見ようとしたんですか」

「うん。おじいちゃんの机から勝手に石を持ってきたの。でね、空の缶詰に柚子の木の枝を入れて火をつけた」

「発光、見れました？」

「ううん」

まず、光は完璧な暗闇でこそ観察できる。昼間行うには早すぎた。その上、結晶は炎の明るさに負けて個体を判別できなかった。

「血相を変えたおじいちゃんがやってきて、足で踏み潰されて終わり。おじいちゃんのズボンもちょっと燃えちゃって、すごいパニックになった。で、健二がバケツの水をかけておじいちゃんはびしょびしょ」

高らかに笑うユズに反して、私には反省の念が募る。

「子供だけで火を使うのは危険だった。熱で破裂した石の破片で私、顔に怪我しちゃったんだ。知識もないのに無鉄砲だったよ」

「無邪気って罪ですねえ」

「ねえ、変じゃない」

「何がですか」

ユズは違和感に気付いていないようだった。

地図の暗号に、私の記憶が当てはまっていく。まるで過去を辿るような仕組みが、奇妙でならない。

「そんなの、変」

「だから、なんですかぁ」

私じゃない、ユズの過去を捜さなきゃ。

8月5日　電車では座席の幽霊にご用心

朝、カールアイロンで髪を巻く私を見て、ユズが「ひえっ」と悲鳴を上げた。

「どうしたの」

「え、あ。なんだろう、それ、危険なものに見えました」

「熱いから危険といえば危険だけど」

縁側から壁をすり抜けてやってきたユズは、距離を取るようにして居間の隅に身を固めた。

祖母は隣の家へお茶をしに行っているので、私は気兼ねなく彼に声をかけられる。

「もしかして幽霊、熱に弱いの」

「そうなのかなあ」

アイロンのスイッチを切る。コンセントを抜いたところで、ユズは付近のソファに腰を下ろした。

青い布地の二人掛けソファは、祖父が使っていたものだ。テレビを見るときも、お茶を飲むときも、新聞を読むときも、居眠りをするときも祖父はそこに座っていた。食事のときだけ座布団に腰を下ろすけれど、居間での祖父の定位置は青いソファだった。クッション部分は祖父が座っていた場所だけ目印みたいにくぼんで、くたびれている。

ユズはクッションのくぼんでいない片隅に身体を乗せて、膝を抱えていた。

「お洒落して、どこか行くんですか」

「秋田駅に行かなきゃいけないの。今日限定で販売される秋田犬マグカップを買いに」

「桃さん、犬好きなんですか」

「ううん、母親からの頼まれ物」

「ほう」と頷くユズが、クッションのくぼんだ右側に首を向けて「へえ」と納得する。

祖父が居るらしい。

「お母さんの百合子《ゆりこ》さんは、犬が好きなんですね」

「おじいちゃん、おはよう」

「おはようって言ってます」

ユズの空いた隣に向かって私は微笑みかける。

「――だから今日はユズに付き合えないんだけど」

「……あ」

ユズは何か閃《ひらめ》いた素振りを見せて、しきりに手を挙げた。

「はい、はい！　僕が桃さんに付き合います」

「うん。いいよ」

「わあい、デートだ。え？　いいじゃないですか。えーっ？　おお、なるほど。ははっ。そうします」

祖父に何を言われているんだろう。しかめたり、笑ったり、くるくる変わるユズの表情が忙しい。しまいには腹を抱え、ひれ伏して、音も立てずソファを叩いている。

そういえば、私は気付いた。今も昔もソファに座る祖母の姿を見たことがない。青いソファは祖父の場所であることが絶対なのだというように、祖母はいつも一段下のカーペットにお尻をつけていた。祖父が居なくなった今だって、彼女がソファで休まることはないようだ。それなのにユズは遠慮なく座って、内緒の話を祖父とする。

「なんでそんなに仲いいの」

「ルームシェアをしてる仲ですからね」

「おばあちゃんからしたら不法侵入者だよ」

いっとき虚を突かれたような顔をしたユズは、再び歯を見せて笑いだした。

発券機で二人分の切符を買いそうになった。

「僕はフリーパスです」

「無賃乗車とも言える」

「悪いことを堂々とするって気持ちいいですね」

「なんてこと言うの」

「堂々が過ぎると、もはや悪いことだとも思えなくなるから不思議です」

視線で咎めたけれど、まったく効いていない。

改札を抜けて線路を横切るとき、瞳の端に異様な光景が映り込んだ。

線路上に女が這いつくばっている。長い黒髪を地に垂れ下げて、一心不乱に砂利を掻き分けていた。

ひととき、呼吸を忘れた。見てしまったのだと思った。あれこそ幽霊らしい幽霊だ。

「わ」

先に悲鳴を漏らしたのはユズだった。

「びっくりしたあ、おばけかと思った！」

正直すぎるユズの発言に女は反応しない。それどころか私の存在にも気付いていないようだった。

そろり、足音を抑えてホームへ上がれば、下方からは切迫した息遣いが舞い上がる。何か捜しているんだろうか。そっと近付いてみる。内心怖くて仕方がなかった。けれど、じきに電車が来てしまう。線路に居るのは危険だ。

「あの、どうかしたんですか」

直後、殺気に満ちた両目に射抜かれた。

女は何も言わない。凍る私も言葉が出ない。立ち上がる女の背丈が想像以上に大きかったものだから、私の中で危機感が膨らんだ。

女の視線が揺らいだ。ふっと生気が途切れたようにうなだれて、彼女はホームへ上がってくる。だらりとした歩行は、こちらと充分な距離を置いて停止した。

膝を抱え、しゃがみ込む女が視界の隅に居座る。服装は今どきなのに、髪はひどくぼさぼさだ。そんなちぐはぐな美意識も、私の恐怖心を煽《あお》ってくる。

さっきから、ユズはそわそわと落ち着かない。表情を窺えば、拍車がかかった彼の青白さに驚いた。

踏切が下りた。警報音に紛れて声を潜める。

「大丈夫？　具合悪いの」

「なんだか嫌な感じがする。胸がすごく、ざわざわして」

ユズの身体が歪んだ。電波の悪いテレビの映像みたいに、消えゆく危うさを感じる。

「ユズ！　だめ！」

声を張れば、女の顔が傾いた。虚無にくり抜かれたような瞳が私を見ている。すがるような右手を伸ばされて、訳もわからず背筋を冷やした。不穏に高鳴る鼓動が、電車の滑走音すら押し退けていく。

握れもしないユズの手を引く。ユズを形作る色彩が一斉に消えて、戻っては不安定に繰り返された。速度を落とす電車の進行に逆らって、ホームを行く。最後尾車両の扉に駆け込んだ。

電車内の冷気に触れたとたん、ユズは鮮明さを取り戻した。私は急ぎ、手動ボタンで扉を閉める。ホームに佇む女は空虚に取り憑かれたように、遠くを眺めていた。乗車する気配はなさそうだ。彼女を残して電車は走りだす。

隅の座席に腰を下ろす。夏休みにも拘らず乗客はまばらだ。整い始める呼吸とは反対に、鼓動は大きく音を立て続けていた。

「なんか、怖かったね」

乗客との充分な距離を確認して、声を弱める。

「ユズ、消えちゃうかと思った」

「僕、あの人の顔を見たとたん、怖い映像が浮かんで」

隣に座るユズの姿は安定しているものの、やはり顔色は悪い。

「何か思い出したの。映像って、どんな」

「暗いホームで追い詰められて、僕、怯《おび》えながら怒ってるんです。で、揉《も》み合いになってて……」

「襲われたってこと？　まさか、さっきの人に？」

「いや……女の……おばけ。ギャル」

「え？　おばけ？　ギャル？」

ユズは語気を強めた。

「おばけです。絶対おばけ！　真っ黒い目をくわって開いて睫毛《まつげ》がばっさばさ！　僕、呪われてこうなったんだ」

「まさかあ……なんでギャルなの」

「金に近い派手な髪色でした」

「じゃあ、ユズだってギャル男のおばけだよ」

「え？」

「え」

口を半開きにしたまま静止するユズは、言葉の意味を理解していない。

「ていうか彼女じゃないの。痴情のもつれじゃない」

「僕、ギャルは好みじゃないんです」

「それ、覚えてるの」

口をへの字に曲げたまま、ユズは押し黙る。

「その記憶の中の人は、さっきの人じゃないの。ユズ、すごく反応してるみたいだった」

「さっきの人、もしかして霊媒師だったのかな」

「ええ?」

不自然に口を動かす私に興味が引かれたんだろう、遠方に座る男児がこちらを見つめている。さらには母親の袖を引き、何かを訴え始めた。

「すみません。僕、黙ってます」

この場合、ユズはしゃべっていても差し支えない。

「はっ。僕が黙る必要ないのか。電車で歌ってもいいんだ」

ユズの声に、いつもの陽気さが戻った。

私は鞄から手帳を取りだして文字をつづる。

『やめて』

「約五十分の長旅です。退屈しないよう僕がパフォーマンスします」

急ぎ、ペンを動かす。

『やめろ』

「じゃあ桃さんのこと聞いてもいいですか。ずっと僕の話ばかりだったから」

『いいよ』

「好きな食べ物はなんですか」

『とうもろこし』

「好きな男性のタイプは」

『お地蔵様みたいな人』

「え？　どういうことです」

『どっしりおおらかに落ち着いてる人』

「ほう」

すっと姿勢を正したユズが数秒、沈黙した。悩まし気に下がる眉とは反対に、口元が笑んでいる。

「ええと、その、彼氏はいますか」

『いる』

「はあっ」

信じられないとばかりに立ち上がる彼の姿が信じられない。

「嘘《うそ》でしょ」

失礼だと思う。

でも本当に嘘だった。正直、私はユズから伝わる好意に危機感を抱き始めている。

手帳を閉じて話を終わらせた。すると隣へ戻るユズが重なる勢いで距離を詰めてくる。

「なんでいるんですか」

じゃあなぜいないと思うんだろう。

口を閉じたまま、前方の窓を見つめる。丁度、海を横切る最中だった。一面にたぷたぷと張られた深い青は、目を見張るほど美しいわけじゃないけれど、私を安心させる。

「うああつらぁ」

景色に浸る私の隣で、ユズは悶《もだ》えていた。

程なくして電車は次の駅に到着した。ぞろぞろと中高年の団体が乗り込んでくる。何かの同好会みたいだ。私は少し左に身体をずらす。するとユズも後に続いて席を詰めた。大きなため息をつきながら。

だんだんと後ろめたさが募ってくる。嘘だよ、と言いたくなって、萎れるユズへ目をやった。すると同時に老人が隣へ腰を下ろした。

それはとてつもない衝撃だった。

おじいさんがユズの身体に重なっている。

硬直したのは私だけじゃない。ユズ自身、時が止まったように固まった。老人の色彩に負けて、ユズの輪郭が曖昧さを増す。ぼやけた顔で「助けて」と訴えられても、私は生唾を飲むだけだった。

私の視線に気付いた老人が、こちらに顔を傾ける。とたんにユズと老人の顔面が、ぴたりと重なった。枯れるようなユズの悲鳴が舞う。

「なんだあ?」

「いえ、すみません」

かちこちの身体を正面へ戻す。以降、私は一心に外の景色を眺め続けた。


改札を出て、まず駅構内のカフェに立ち寄った。壁際席に腰かけて、テーブルにはアイスコーヒーがひとつだけ。お茶をしたいと言いだしたのはユズだった。

「僕、ナーバスな気分です」

向かいに座るユズは意気消沈、といった様子でうなだれている。

「席立てばよかったのに」

「嫌ですよ。僕が先に座ってたのに」

「私も今までどこかでそう思われてたのかな。幽霊に」

自然に会話をこなせているのは、携帯電話のおかげだ。私はイヤホンを片耳に差して、通話する振りをしている。これでひとまず、人目を気にしないで済む。

「ユズも疲れを感じたりするの」

「感情はあるので心は疲れますけど、体力は底なしです」

「喉渇くの」

「いいえ」

「じゃあ、なんでカフェに入りたかったの。コーヒー飲めないじゃん」

言ってしまった。幸いユズは気にする素振りを見せない。

「僕はお洒落な幽霊でありたいんです」

「あ、そう」

「お洒落な喫茶店に入るのがデートの基本だって、金蔵さんも言ってました」

「へえ」

「桃さんは無糖派なんですね。僕はミルクと砂糖、二個ずつ入れます」

ユズはすっかり普段どおりだ。だから私は電車での嘘を訂正するのをやめた。

「味覚とか物のことは覚えてるんだね。自分のスニーカーもナイキってわかってたし」

「日本語もわかるし、靴ひもの結び方も知ってます」

「なんかね、記憶にも種類があるらしいよ」

店内には洋楽が流れている。賑《にぎ》やかなポップスは、客たちの話し声を上手にぼやかしてくれた。

「スニーカー、みたいに固有名詞を覚える知識の記憶とか、靴ひもの結び方みたいに技能を定着させる記憶とか。その中にエピソード記憶っていうのがあって、過去の出来事をつかさどるものなんだって。あの日何を食べたとか、どこへ行ったとか。ユズはそのエピソード記憶がごっそり抜けちゃったのかもしれないね」

ほう、と声を漏らしたユズが、感心するように言う。

「物知りですね」

「ちょっと調べてみたの。そうか、ユズは甘党なんだね」

「お金を払って苦い汁を飲むなんて信じられません」

無自覚だろうけど、たまに彼はとびきりの笑顔で毒を吐く。

「今日も暑そうですね。冷たいものを飲んだら気持ちいいんだろうなあ」

「そうだね」

ガムシロップとミルクを二個ずつコーヒーに注ぐ私を見て、ユズは「やっぱり苦かったですか」と、からかうように笑った。

ストローで混ぜてすっかりカフェオレ色になったコーヒーを、ユズの前に滑らせる。

「気分だけでもどうぞ」

「えっ」

ユズは驚いたあとで嬉しそうに頬を緩めて、「じゃあ」とストローをくわえた。実際はくわえられていないのだけど、くわえる仕草を作った。

そして吸っている。とにかく懸命に吸っている。顔を紅潮させ、肺活量が許す限りに奮闘している。

するとと私はささやかな変化に気付いた。ストローの空洞に動く液体を見たのだ。

「あ、あれ？　ユズ」

緩やかな速度で上昇する液体がとうとう出口をくぐって、ユズの口内へ——と思いきや透き通る身体をすり抜けて、飛散した。テーブル上へ幾つもの茶色い水溜まりができていく。私たちは焦るどころかあ然としたまま、多分似たような表情で見つめ合っていた。

「お客様、大丈夫ですか」

店員に声をかけられた。

とっさに放った謝罪を皮切りに、止まっていた思考が加速する。甘いコーヒーを飲み干して、足早に店を出た。

「見ましたか、僕の吸引力！」

「まさか飲めたの」

「残念ながら味はしませんでした」

「ポルターガイストってこういうことなの」

「幽霊友達の成田《なりた》さんは念でドアを開けられるそうです」

「そういうのやめたほうがいいよ」

「ちなみにおじいさんは風を操る特訓をしてますよ」

「やめさせて」

「みんな大切な人に気付いてほしいんですよ」

そう言われると、せつない。

秋田犬マグカップは在庫も充分に積まれていた。犬の顔に取っ手を付けた、陶器製のものだ。数量限定と謳《うた》われているけれど、完売は怪しかった。目立つように作られた特設売り場に、通行人の多くは関心を示していなかったから。

なのにユズだけは、じっとカップを見入っている。気に入ったのか、おもちゃ売り場に張りつく子供みたいに地に足を取られたまま、動きそうにない。

「もしかしてユズも欲しいの」

「いえ、なんか見覚えがあるなあって」

「秋田犬を？　マグカップを？」

「どっちだろう」

「秋田犬って大きいんだよね。昔、近所の男の子が飼ってたよ」

「それって柚子の木の家ですか」

「うん」

ぼんやりと一点を眺めるユズは、何らかの記憶をかすめたんだろうか。ふとした瞬間、同じ表情をする。程なくして、彼は視線の対象を私に変えた。

「次はどうしますか」


せっかくなので、と足を運んだ駅隣のファッションビルで、天然石の店を見つけた。路面側の長台には、研磨された石が平皿に載って並んでいる。どれも手に軽く収まるくらいの小さな石だ。店内の什器《じゅうき》には丸玉のブレスレットや、石のチャームを通したシルバーネックレス、ストラップなどが掛けられていた。商品の付近にはそれぞれ石の効果を謳ったポップが飾られている。いわゆるパワーストーンの店だ。

「すごい、お金持ちになる石だって！」

商品を目にするなり、ユズが高い声を上げる。

「僕、恋愛成就の石が欲しいです」

「信じちゃうの」

「あやかれるものにはあやかります」

「石はあるだけだよ」

「あれ、現実的ですね」

幽霊を前にして現実主義も大いに揺らいでいる。

「桃さんもペリドットは暗闇を照らすって言ってたじゃないですか」

「それは事実だもの。ペリドットは夜の少ない光も取り入れて輝くから」

ユズは首をひねると、意外そうに私を見つめた。

「宝石を見ると幸せな気持ちになるけど、願いを叶えてくれるわけじゃないよ。こういう、石じゃなくて効果に価値があるみたいなのは、なんだかいや」

「ああそうかあ」

なるほど、と頷くユズが「でも」と付け足す。

「ものすごい年月をかけて作られる宝石って奇跡ですよね。奇跡の石が奇跡を呼んでもおかしくなさそうです」

今度は私が頷く番だった。思いの外、大きな声が出てしまう。

「うん！　石って本当に奇跡なの」

石たちは何千何億という気が遠くなるほどの年月をかけて、人と出会うのだ。形成され、発掘され、加工され、流通するに到るまで様々な土地や人の手を巡り、長い旅を経てとうとう持ち主と結ばれる。ひとかけらの石に宿された奇跡と物語は、本来ならば数百円の価値に納まるはずがない――と、私はユズへ熱弁を振るう。

「だから私のところにきた宝石は、一生をかけてうんと大切にするの」

しばし見つめ合っていたユズが、急に顔を伏せた。

「どうしたの」

「あ、ドキッとしちゃって」

「なにに」

「好きなことを話す表情が素敵だなあって」

「え、は……。私、お昼ごはんにしようかな」

しどろもどろに場を振り切れば、ユズが改まったように腰を低くした。

「あのう、桃さんがお昼を食べてる間、僕ちょっと出てもいいですか」

「どこへ。一緒に行くよ」

「あ、それはどうだろう」

「だめなの」

「幽霊がとてつもない数居るんです」

「なにしに行くの」

「えっと、会いたい方が居て」

痒《かゆ》くもないだろう頭を掻く姿が不自然。薄ら笑いで視線を逸らすユズが、何かを隠しているように見えた。けれど私は追及しない。彼を縛る権利もなかった。

一時解散して、ビル内のカフェで一人、昼食を済ませた。再びユズと合流したときには結構な時間が経っていた。手持ちの文庫本を読み終えて、くたびれ始めていた頃だ。

カウンター席の隣に腰かけたユズに気付いて、耳にイヤホンを差す。携帯電話に向かって会話の準備をした。

「すみません。遅くなりました」

「どこまで行ってたの」

「わりと近くなんですけど、道に迷っちゃって」

「会いたい人には会えた？　人っていうか、幽霊友達？」

「はい。まあ」

明確な答えをくれない。あまり触れられたくないようだった。

「あのぉ、僕の髪ってパーマっぽいんですよね」

だから不自然に話を変えたんだろう。

「うん。くるくる」

「まっすぐサラサラじゃないんですね」

「目を見張るほどくるくる」

「そこまでですか」

ユズがぎょっとした。

「見せてあげたいくらいくるくる。まっすぐがいいの？」

「そうですねえ」

意味深長な気配を漂わせて、意味なんてなさそうな会話が続く。すごい違和感だ。

その後、土産店を少し見て、陽が落ちる頃に帰りの電車に乗った。昼間の不気味な女を思うと不安だったけれど、到着した脇本駅は無人。頼りない外灯に照らされた物寂しいホームが私たちを出迎えるだけだった。

帰り道、自転車の荷台にまたがるユズがまたおかしな問いかけをする。

「僕って寝相いいと思いますか」

「悪そう」

「金髪のサラサラヘアについてどう思いますか」

「なにそれ、王子様？」

「王子様の髪がある日突然くるくるになりました。さて、どうしてでしょう」

「雷に打たれたんじゃない」

「ああ、なるほど」

「魔法使いに魔法をかけられたとか」

「それは現実的じゃないですね」

「雷だって現実的じゃないよ」

「ところで僕、顔にほくろあります？」

「なさそうだけど、白くてよく見えないだけかも」

「ないほうがいいですね」

「泣きぼくろとか、色っぽくていいと思う」

「いらないですね」

「あ、そう」

いったいなんなんだろう。

8月6日　お祭りと幽霊に似たあの子

地下のアトリエで、ユズは地図とにらめっこをしている。私は本棚に背を預けて、携帯電話で調べ物をしていた。

『秋田　脇本　パーマ　男　痩せ型　若い』

といった様々な組み合わせで検索をかけて、ネット上にユズを捜す。彼に繋がりそうな過去の事件や事故についてもこうして日々探っているのだけれど、今のところ収穫はない。

蒸された小部屋で、涼しげなのは石と幽霊だけだ。机も本も息苦しそうに、湿気った熱気を吸い尽くしている。

扇風機を「強」設定にして独り占めする。冷蔵庫から持ちだしたおやつをつまみながら、ユズの華奢な背中を見つめた。彼は絨毯にあぐらをかいている。

「あ、何食べてるんですか」

振り返るユズは、なぜか私の視線に敏感だ。

「無花果《いちじく》の甘露煮。おばあちゃんがたくさん作っておいてくれたの。裏庭に木がある」

天井近くに作られた細長い窓からは、裏庭の緑が見える。指さした先に、蝶々《ちょうちょう》が横切った。

「へえ、いいなあ」

近寄るユズは、らんらんと輝く瞳で瓶詰を覗き込んだ。

「わあ、キラキラしてる。宝石みたい」

「――え？」

頭を強く叩かれたような気がした。昔、同じことを言った子がいたのだ。はっとして、私はユズを見つめた。似ているかもしれない、と思った。あの子を鮮明に覚えているわけでもないのに。

「ユズって、私と遊んでた子じゃないよね」

え？　と目を見開くユズが食い気味に問いかける。

「僕に心当たりあります？」

わからないし、自信もない。でも、おかしな偶然は初めてじゃなかった。公園で遠い船をつまんだユズの仕草や言葉や雰囲気を、私はもっと昔に知っていた。

「記憶が被るの」

私は正直に述べた。

「ユズは柚子の木の家の子と似たようなことを言う。それに地図もおかしい。私の思い出に全部繋がってる。だってフローライトを燃やした場所も、地図の『蛍』に当てはまるんだよ。同じ思い出を持ってるのは、昔一緒に遊んだ子たちだけだよ」

口を半開きにして放心するユズが、内側で必死に記憶を手繰り寄せようとしているのがわかった。でも、駄目だったらしい。彼は眉根を寄せて頭を抱えた。

「思い出せないっ」

「私、おばあちゃんに聞いてみる。柚子の木の家族が今どこに居るのかわかれば、もしかしたら……」

ユズに繋がるかもしれない。そして悲しい現実を知るのかもしれない。心がずきりと痛んだ。

「おばあちゃん、叔母《おば》さんの家に行ってるの。夜まで帰ってこない。ねえ、おじいちゃんに聞いてみよう。おじいちゃん今、家に居る？」

「出掛けてます」

「そう」

内心、ほっとしていた。おかしなことだ、いざとなるとユズを知るのが怖いだなんて。

「僕、桃さんと友達だったら嬉しいなあ。そうであってほしいです」

「知るの怖くないの」

おずおずと問えば「なんでですか」と返される。そしてユズは軽やかに述べた。

「幽体離脱説が立証されるかもしれませんよ」

胸を小突かれる気分だった。本人は明るい方向を見ている。私だけ暗い反対側を向いていたのだ。

すうっと、内側に入ってくるものがあった。新しい「気付き」が私の細胞に沁み渡っていく。そうか。想像は人に希望も絶望も与える。きっと使い方次第なんだ。

「そうか。そうだよね」

私は頷く。透き通るユズがたくましく見えた。

「その子の話、もっと聞かせてください。何か思い出せるかも」

「私もあまり思い出せないんだけど、人懐っこい子だったよ。そういうところもユズと似てる」

「名前は覚えてますか」

「ううん。健二なら覚えてるかも。来たら聞いてみるよ」

「桃さんの従兄も一緒に遊んでたんですもんね。健二さんを見たら僕も何か感じるかも」

「それはどうだろ……健二、昔と比べてかなり変わったから」

隣に座る幽霊との距離が近い。意識してなかったけれど、意識して触れてみたら冷たいんだろうか。

「私、海で溺《おぼ》れるその子を助けようとして一緒に溺れた。ユズは泳げるの」

「どうでしょう。自信ないかも」

「あとね、その子、お祭りで花火持つ役してたよ」

「花火？」

「手持ち花火を振り回すの。今日見てみるといいよ」

折りたたまれた片足にそっと触れてみる。空気をかすめるだけで、皮膚へ伝わる温度は変わらない。幽霊の居る場所で寒気を感じるなんていうのは、ただの恐怖心のせいなのかもしれない。

私の指先に、ユズが気付いた。

「どうしたんですか」

「冷たかったらいいなって思って」

「冷たいですか？　冷やしてあげます」

両手を広げるユズは下心がなさそうで、遠慮もない。けれど少ししてから気付いたように顔を赤らめて、手を膝へ戻した。私は苦笑してしまう。

「それから私、お祭りの日にその子に――あ、いいや」

「なんですか。気になります」

「これはちょっと恥ずかしい」

「言いかけてそれはないですよ」

「なんでもない」

人差し指でユズの太ももをつつく。

「冷たいですか」

「どっちかっていうとユズは温かい」

再びユズが両手を広げた。熱い眼差しが私に何かを訴えかけている。

「飛び込まないからね」

「飛び込む勇気って大切だと思うんです」

「はあ」

「新しい世界や環境に飛び込むのって勇気がいりますよね。最初は怖いです。けど、いざ飛び込んでみたら、あれ、どうしてもっと早くこうしなかったんだろう、こっちのほうが全然いいじゃん。とか思ったりするわけです。僕は思うんです。物事を怖い怖いと撥ね除けて歩きだせない状況のときこそ、最大の恐怖の中に居るんじゃないか――」

「おおーい。来たどー」

どこまでも続きそうなユズの演説を遮って、玄関から太い声が上がった。健二だ。

だんだんと近付いてくる和太鼓の音は、小刻みに高鳴る心音みたいだ。

日没後、外の空気は一変した。辺り一帯が音に囲まれ、灯りに照らされ、人で溢《あふ》れている。脇本に来て以来、一番賑やかな夜だった。普段静かな町並みは今、眠りから目覚めたように活気だっている。

「桃、なんでも好きなもん買ってやるがらな」

隣を歩く健二が、頼もし気に親指を立てた。彼の派手なピンクの髪色は、薄暗闇でも目を引く。健二は目立つのが好きだ。今日は迷彩柄の甚兵衛を着て、耳、首、手首、指先、足首と、小麦肌の見える箇所すべてにシルバーアクセサリーをつけている。そうして自信満々にずいずい歩き、若い女性とすれ違うたび視線を注いで、はやし立てるような口笛を吹く。やめなよ、と注意すれば「素敵ですよ、って褒めてんだ」と返された。

「桃の浴衣、ばあの家にあったやつか」

「うん」

水仙《すいせん》柄の黄色い浴衣は昔、母が着ていたものらしい。長い年月を押し入れで過ごした布地からは、しんと素っ気ない香りがするけれど、高貴な力で私を守ってくれるような特別感もくれた。不思議なもので、改まった装いをすると所作が正されていく。祭りのメインストリートへ向かって、私はいつもより丁寧に歩いた。

「ギャルがいっぱいだあ。浴衣の女はいいなあ」

「あんまり見ると失礼だってば」

「恋は目と目が合って始まるんだぞ」

付近から向けられているユズの物珍しそうな熱視線に、健二は気付けない。

「私が居ないときにして」

「んなこと言って、おめだって祭りで近所の子にキッスしたくせにい」

「ちょっと」

私はぎょっとして、無意識にユズを見た。アトリエでは彼に隠した出来事だ。

「えーっ、そうなんですか」と反応するユズへ、遠回しに説明をする。

「だってあの子、花火回すの緊張してたから。応援の意味を込めてしたの。ほっぺたにだよ。私にとってはぬいぐるみにキスをするのと変わらない行為だったの」

「おめ、昔はすげえ行動的だったのに大人しくなったよな。瞳を輝かせて『健二、健二』ってどこにでもついてきてたんだぞ」

「小さな頃はすべてが輝いて見えるものなの。従兄のお兄ちゃんさえも」

くたびれた公園も、寂れた砂浜も、本当は昔から同じ姿をしていたのかもしれない。遠い夏を美しいものだと振り返られるのは、あの頃世界を見つめた幼い瞳が輝いていたからなのかもしれない。まっすぐで、純真で、肯定に満ちた、子供時代の自分の在り方を、取り戻せない感性を、大人になった私は羨んでいる。

「俺は今も昔も輝いでら」

「そうだね」

健二は年々派手になる。

「ねえ、その――私がキスした男の子のこと、よく覚えてる？　名前なんていったっけ」

もしかしたら健二は、柚子の木の家の、その後を知っているかもしれない。

「覚えてねえなあ。名前なんて気にしねえで遊んでたし、桃のほうが仲良かったべ」

「私ももうあまり思い出せないんだよね。この前、海沿いを散歩したらその子の家がなくなってた。どこに引っ越したんだろう」

「知らねえなあ。中学上がる頃にはめっきり会わなくなったし」

海とは反対方向へ、アスファルトを行く。車同士が譲り合ってやっとすれ違えるほどの細道には、家々が建ち並んでいる。この辺りにも過去の友達が居たはず。今夜すれ違うことがあっても、大人になった私たちは互いの面影を探せないだろう。

小さな床屋を過ぎ、突き当たる道路沿いを左へ。歩道には一直線に灯籠が吊るされている。道沿いの民家や商店前に立つ笹は、思い思いの装飾を施されて、通りにたくさんの色彩を加えていた。

華やかに飾られた一本道が、天の川みたいだった。

所々には露店が構えられている。焼きそば、たこ焼き、かき氷。ずっと向こうにバヘラアイスのパラソルも見えた。その中を人々が行き交う。どこにこんなに隠れていたんだろう、と思うくらい、多くの子供や若者が居た。いつもならご飯を食べて眠る準備をしているだろう老人方も、いきいきと祭りの一部に溶け込んでいる。

別世界みたいだ。

橙《だいだい》色に照らされたコンクリートの地面も歓び、人々の足音を軽快に奏でるようだった。

和太鼓の大きな音を上げて、民家の角から山車がやって来る。同時に笛の音も響きだした。山車に繋がった縄を引く多くの人が、ゆるやかに歩んでくる。

「やまどんど、それっ！」

ライトに照らされた山車上で、あぐらをかいた少年が歌う。中学生くらいだろうか。背を丸め、マイクを握り、声を振り絞っていた。両隣で縦笛を吹く二人の少女は、少年よりも少し幼い。彼らの背景には手作りの武者人形が吊るされている。壁を隔てたその裏側で、太鼓は叩かれていた。

地区ごとに引かれる山車は今年、四台出ているらしい。昔に比べてずいぶん数が減った、と今朝、祖母が寂しそうに呟いていた。

「東西、東西、花のおん礼を申し上げます」

山車に乗った少年は御祝儀をくれた家々の前でお礼の口上を述べる。過去には毎年、祖父の名も呼ばれていた。大声で祖父の名が読み上げられるとき、私は誇らしい気分になった。

「てごたたけ！　てごたたけ！」

一斉に音を強める和太鼓に煽られて、車体が激しく上下する。引き縄の内側で、少年少女が手持ち花火を前後に回し始めた。弾け散らばる火の粒が、まるで奇跡を振りまくようで、私は夢心地になる。

しゅっと萎れた花火のせつない残り香をそこかしこに充満させて、山車はまた進む。

「やまどんど、それっ！」

一緒に縄を引こう、とユズへ合図を送れば、呆然と立ちすくむ彼の姿に異変を感じた。祭りの光をいっぱいに宿した瞳を、ふたつはめこんだ人形みたいに、ユズは動かない。

「どうしたの」

問えば当たり前に健二が受け答える。

「なにが」

山車を見送るユズの視線がゆっくり私へ向いて、彼は表情を変えた。忙しく繰り返される瞬きと、むずむず動く口元が何かを伝えたがっているのだとわかる。

「なにがだよ」

再び健二が問う。

私は一時、自分の疑問を諦めて、健二に適当なことを言う。

「健二の後ろの毛、すごく跳ねてるから」

「まじかよ。だからどのギャルも反応が悪いんだべか」

「そもそもナンパしたいなら私と居ないほうがいいよ」

「けども、桃と約束してたんだがら――でも、俺も男だ。ちぃと待っててけれ」

男だ。の使い方がよくわからなかった。

凛々《りり》しく口角を上げた健二が踵を返す。まだ返事もしていないのに。

「あとでたこ焼きとチョコバナナ買ってきてやるがらなあ」

健二は途中で何度か携帯電話をかざして、自分の写真を撮りながら人混みへ消えた。

私は雑踏に声を紛れ込ませる。

「ユズ、何かあった?」

「あ、いや、ええと。あれ？」

目を泳がせ、ついには俯くユズから心を閉ざされたような気がした。私だって、なんでも聞こうとするのは図々しい気がしている。けれど面白くなくて、そっけない口調で当たってしまった。

「言いたくないならいいよ」

山車は短い区間で、また口上を述べ終えた。

「てごたたけったら、てごたたけ！」

二人、自然と同じ対象へ向かう視線は平行線。交わらない意識がもどかしくて、声を和らげた。

「てご、って太鼓って意味なんだって。私、小さい頃はわからなくて、手をたたけって言われてるんだと思ってたの」

「僕もさっきまで手をたたくのかと思ってました」

「……楽しいね」

「桃さん、僕、このお祭りを知ってます」

視線が交わった。ユズの瞳に力が籠もる。

「僕、すごく大好きな女の子が居たんです。その子とお祭りを見ました」

言葉の出ない私を追い越して、ユズは唇を動かした。

「大好きだったけど、会えなくなっちゃった子――どうして思い出せなかったんだろう」

「え……ユズ、記憶が戻ったの？」

「急に、その子に関することだけ思い浮かびました」

眉を下げて笑うユズが今にも泣きだしそうで、私は焦る。理解が追いつかないまま「その子を捜す？」なんて聞いていた。

「もう見つけました」

「え、どこ？」

身を乗りだして辺りを探る私にユズが詰め寄る。身体の内部へ侵入されそうな勢いだった。

「おお、どうしたの」

ユズが顔を傾ける。きっと私の頬に唇が触れた。

かと思いきや、彼はそのまま私の身体を通り抜け、裏の民家すらも突き抜けて、不透明の内側へ走り去っていった。

「きゃー！」

だなんて、女子のような悲鳴を上げて。

置き去りにされた私は石像のように、ぽつねんと静止するばかりだった。太鼓に紛れて上がる心拍が、身体中を叩いて鳴りやまない。

混乱に急かされるまま、目的もなく足が進む。あらゆる音が、光が、景色が揺れていた。酔いに揺らぐような身体がふわふわ浮かび上がっていく。人混みを逸れて、民家の塀に背中を預ける。すると全力疾走でユズが戻ってきた。

「一人にしてごめんなさい！　それから浴衣、すごく似合ってます」

あまりにも必死な形相を見て、怒るつもりが噴きだしてしまった。

幻想的に甘い夜の空気を吸い込んで、心の紐が解けるのを感じた。

8月7日　告白と眠れる幽霊

「起きろ。朝だ！」

健二に敷布団を引き抜かれた。転がる私は箪笥《たんす》にぶつかって、薄く目を開いた。まだ朝の七時前だ。

祭りのあと、健二は祖母の家に泊まった。ナンパは失敗したらしいけれど「数打ちゃ当たる」と、てんで気にしていないようだった。

「そもそも一度で決めようとするから駄目なんだ。ナンパの世界は甘くねえ。いいか、桃。百挑んで一成功したら儲《もう》けもん、のスタンスで行けよお。諦める奴はよ、たった一回ごときに賭けて気負いすぎるんだ」と、ナンパ論を延々語る健二の晩酌に付き合わされて、就寝したのは深夜だった。

「ユズだって起きるまで待っててくれるのに」

「あん？　ユズって誰だ」

「……起きたら柚子湯に入ろうと思ってたの」

私は身体を起こして、冷静に嘘をついた。

「いいけど、のんびりしすぎんなよ。水族館行くんだろ」

「そうだった」

縁側を気にすれば、ふすまの陰から寝室を覗くユズの姿があった。どうしたんだろう、目が赤い。

「おはよ」

「はい。おはよ」

健二に言ったんじゃない。

泣き腫らしたように重たい瞼を上げて、ユズははにかむ。

「おはようございます」

「俺、先に居間さ行ってるがらな」

健二が去ってから、布団を敷き直した。再び横になって休む私にユズが言う。

「起きないんですか」

「眠いもん」

「なーんだ」

面白くなさそうに、ユズが唇を尖らせた。

「ユズ、目が赤い」

「え、そうなんですか」

「泣いたの」

「泣きませんよ」

「じゃあ、どうして赤いの」

「僕、見えないからわかりません」

そう言われると太刀《たち》打ちできない。

もしかしたら、好きな子を想って泣いていたのかもしれないな。

細まる視界で、うつらうつらと天井が揺らぐ。客間の朝は穏やかだ。裏庭の無花果の木が影になって、窓からの日差しを緩和してくれる。優しい自然がそばにあるだけで、気持ちも和らぐ。

私は追及するのをやめた。ただ、追わなくなると今度は相手のほうからやってきたりする。

「僕が思い出したことを聞いてほしいんです」

目を開けば、知らぬ間にユズが隣に横たわっていた。私は跳ねる心臓をこらえて、淡泊に告げた。

「近い」

「あ、すみません。けど近くても無害です」

「キスされた」

すると、たじろぐユズがむきになる。

「してないです。通り過ぎただけです」

「ほっぺたで一時停止したもん」

「違います、違います」

「おめ、一人で何しゃべってんだあ」

頭上で声がした。見上げれば、ふすまの隙間から健二の瞳が覗いている。

「それもキッスとか言って……」

長い沈黙を経て起き上がる私へ、健二は返事を乞う。ユズの話を聞けないまま、布団を畳んで居間へ向かった。


健二の車はピンクの軽自動車だ。ルームミラーには白いドリームキャッチャーが吊るされている。これって悪夢を防ぐお守りじゃなかっただろうか。

水族館へ同行するユズのため、後部席のドアを開けば健二が怪訝《けげん》な顔をした。

「助手席乗ればいいべ」

「桃さん、僕通り抜けられますから」

「あ、そうか」

助手席に乗り込むと、甘いムスクの香りがした。ダッシュボード一面にはピンクのファーが敷いてある。まるで彼女の車でも借りてきたみたいだ。さぞかしＢＧＭも賑やかなのだろうと思いきや、オーディオからは演歌が流れた。

「そういや先月、駅で事故があったみてえだな」

脇本駅を過ぎたあたりで、健二が切りだした。

「事故？」

「線路で若い男が頭から血を流して倒れてたって」

まさか、という思いが過ぎる。

「それって何日ごろ。その人、どうなったの」

「下旬だな。意識不明のまま病院運ばれたってよ」

下旬なら、ユズが幽霊になった時期と重なる。駅が関係しているのだってユズと同じだ。私はひどい焦燥感に駆られた。

「その後は？　今も目覚めてないの」

「そうみてえだな」

「生きてるの」

「生きてるよ」

「若いって何歳くらい」

「二十歳前後って話だ」

「えっ、それじゃないの」

私は高い声を上げてルームミラーに目をやった。しかし鏡にユズは映らない。健二にもユズは見えないから、また私がすっとんきょうな発言をした感じになる。

「それってなんだよ」

「あ、ううん。この辺の人なのかな」

「東京からの旅行客だって」

「東京？」

じゃあ、ユズじゃないのかもしれない。でも。

「脇本駅で倒れてたんだよね」

「ああ」

「脇本駅の、線路で？」

「そうだってば」

後部席のユズはずっとしゃべらない。不安になって振り返れば、ちゃんと居た。呆けた顔で窓の外を眺める彼は、私たちの話なんて聞いていないようだった。

私はまた前方を向く。

「健二、どこでその話知ったの」

「こないだ合コンしたナースが言ってた。その子の病院さ運ばれてきたって」

「本当！　病院ってどこ」

「秋田市の総合病院だってよ」

「なんて名前。細くて白い男の子じゃない。で、くるくる頭なの」

「なんだよその決めつけ。知らねえよお。名前までは、あれだろ、ナースにも黙秘権ちゅうのがあんだろ」

守秘義務、じゃないのか。健二はガムを嚙みながら、呑気にハンドルを握っている。

「にしても不運だよなあ。転んで落下したんだべか」

「誰かに襲われた可能性はないのかな」

「怖いこと言うなよ」

事件だとしたら、女に襲われたというユズの記憶も関連付く。

「なしてそんな気にしてんだよお」

不自然に口ごもる私を横目で見もしない健二は、物事を深く考えない男だった。彼は赤信号で停止すると、横断歩道を渡る若い女性へ口笛を吹いた。

「……ねえ、血を流すくらい、それも意識不明になるくらい頭を強く打ったら、記憶喪失になったりするのかな」

「そんなん都市伝説だろ。実際、記憶喪失の奴なんて見たことねえぞ」

「でもさ、不思議なことって案外普通に起きるでしょう」

「起きねえよお」

今、後ろに幽霊が乗ってるよ。教えてあげたいけれど、運転中はよしておく。

「記憶喪失の人が幽霊になったら、幽霊の状態でも記憶喪失だと思う?」

「いったいなにを言ってんだ」

「傷って幽霊の状態でも残るのかな」

「本当に、なにを言ってんだ」

後部席へ振り返る。ユズと目が合った。

「頭見せて」

「あん? どうぞ」

「健二はいいの」

「は」

従うユズが両手で前髪を掻き上げる。でも、乗り気じゃなさそうだ。「その人、きっと僕じゃないですよ」とさえ言われた。額には整った眉が見えるだけで、傷らしいものは見当たらない。前後左右と頭を確認しても、見えるのは白い地肌のみだ。

「おめ、何してんだ」

「毛量多いよぉ」

「はあ？　ありがとう」

「どこか痛いところない」

ユズは頷き、健二が答える。

「痛覚がないのでなんとも」

「最近、奥歯が痛むんよ。虫歯だこれ」

「ああそっか」

「嫌だなあ。俺、歯医者嫌いだよお」

「触ってみて凹《へこ》んでたり引っかかったりするところは」

「僕、自分に触れても感触がないんですよ」

「それがいっぱいあるんだわ」

「なんて厄介な身体なの」

「本当、ちいっと夜の歯磨き忘れただけなのによお」

「よく見せて」

「はい」

「いやんだっ。口の中見せるなんて恥ずかしい――って、なんでさっきっから後ろ見てんだよ」

「健二、水族館はやめて、事故に遭った人のお見舞いに行かない」

「正気か。他人だぞ」

健二は進路を変えない。前方に広がる空は朝よりも曇っていた。

日本海が荒れている。駐車場の先は海だ。付近の岩肌に打ち付ける荒波はアスファルトへ大量のしぶきを上げていた。ひとつ大きな波が来たら、車ごと海中へ引きずり込まれてしまいそうな危機感がある。健二は海沿いから充分な距離をとって駐車したし、先客も皆そうしているようだった。空は灰色。海面を滑る風が唸りを上げて暴れている。音も景色も潮の匂いも、すべての気配が乱暴で、それが余計、胸騒ぎに拍車をかけた。

受付で健二がチケットを購入している隙に、ユズへ耳打ちをした。

「さっきの話、ユズかもしれないよ」

だとしたら焦る。水族館に来てる場合じゃない。

「もしかして朝言ってた『思い出したこと』って、そのことと関係ある？」

「関係ないです」

ユズはあっさりと言い切る。

「僕、事故の人とは無関係だと思います」

そしてまた淡々と述べる彼に、自分との温度差を感じた。

「どうしてそう思うの――」

歩みくる健二の姿を察して口をつぐむ。合わせるように、ユズも黙り込んだ。

最初の展示は天井まで続く大水槽だった。秋田県男鹿《おが》半島の海に見られる魚を展示しているらしい。クエやエイ、マダイなど、様々な魚が泳いでいる。水槽内に四十種、二千匹近くの生き物が居るそうだ。ユズはウミガメに瞳を緩ませ、鮫に鼻息を荒くしていた。私はきらきら光るマアジの群ればかりを見ている。宝石が泳いでいるみたいで、とても綺麗だ。

水槽から漏れる光が薄暗闇の空間を青く染めている。床に落とされた影は、足元へもうひとつの海を作っていた。壁沿いのベンチには数名の客が腰を下ろしている。皆、虚ろな表情に安堵を滲ませて、心休ませているようだった。

「うっひょおい！　桃、写真撮るべ」

しかし静寂の似合わない男が一人。携帯電話を内側へ向けた健二が、自らをレンズに収める。

「私はいいよ」

距離を取れば、代わりにユズが健二と肩を組んだ。無邪気に歯を見せてピースサインを作っている。シャッター音が上がった。本物の心霊写真だ。

「次、次っ」

ひとつひとつの水槽で撮影を重ねる健二の、ほとばしる自己愛。幾度となくツーショットを目論むユズはゲームのように「写れたかなあ」とはしゃいでいる。話の続きをしたいのに、健二とくっついているせいで声をかけられない。

「桃、アナゴの前来いって。撮ってやるがら」

「私は白熊を撮ればいい」

「こんなに映える写真撮らねえなんて、SNSやってねえのか」

「やってるよ」

「何の写真載せてんだ」

「綺麗な石」

「本当に女子大生か」

表情と角度を変えて渾身《こんしん》の一枚を試みる健二のシャッターは、すでに三十回近く切られている。おかげでなかなか先へ進まない。隣から逸れて通路を行けば、椅子が並ぶ休憩スペースへ出た。ガラス張りの向こうには水平線を望める。

濁った空と海の境目は曖昧にぼやけていた。荒れた海の奥深くには、水槽のように穏やかな世界があるのだと思うと不思議だ。

椅子に座って景色を眺めていれば、ユズがやって来た。

ここぞとばかりに私は切りだす。

「さっきの話の続きなんだけど」

「その前に桃さん、一緒に写真撮りましょ」

「写らないのに？」

「写らせたいんです」

渋々携帯電話を内側に向ける。画面に映るのは私の顔だけ。それでもユズは陽気にピースサインを作った。

小さな音を立てて切り取られた時間には、やはり私しか居ない。

「やっぱ撮るんでねえか」

嫌なときにやって来た。

健二は休まない。新たな撮影スポットへ向かう彼のあとを、私はついていく。

白熊の水槽が近付くにつれて足を速めたユズの背中へ、何度かシャッターを切ってみたけれど、当然景色だけしか写さない。

ユズは私のカメラに気付くと、にんまり笑って調子に乗った。柵を突っ切り、ガラスを通り抜けて、なんと白熊の縄張りに入り込んでしまった。

焦り、ぱくぱくと口を動かす私をよそに、胸を張るユズは誇らしげだった。暑さにうなだれる猛獣へずいずい近付き、どうせ見えないだろうとばかりに手を振っている。

しかし白熊は何かを察知した。太い肢体を上げて、ひくつく鼻で付近を探ったかと思えば、歯をむきだしにして唸り始めた。周囲の客からどよめきが起こる中、ユズが一番慌てふためいている。はたから見れば誰も居ない無の空間に、白熊が飛びかかる。私は短い悲鳴を漏らした。仰天するユズが溜め池に飛び込む。池は水槽に隣接する造りで、水中の様子が客に見えるようになっている。泳ぐ動作を見せるユズの身体は一向に進まず、そのまま沈んだところで、走りだした。白熊が溜め池に飛び込む。私は思わず必死にユズを手招いていた。応じるように必死な形相で、霊体がこちら側へ通り抜ける。そのわずか数秒後、白熊の前足が水槽を強く蹴った。

至る場所から、客たちの悲鳴が上がった。

きっと顔面蒼白《そうはく》状態の私の横で、健二のみが「怒れる白熊とツーショット撮れたぜえええ!」と飛び跳ねている。

疲れるはずのないユズが息を切らしてやって来た。たった今繰り広げられた九死に一生劇は、我々以外、誰も知らない。

「私、ちょっとトイレ」

後ずさり、ユズの手を引こうとすれば意図は汲み取られる。ペンギンの水槽を過ぎ、壁際へ二人——他から見れば一人、身を潜めた。奥にはひっそりと「ペンギン社」なる縁結びの神社が設けられている。

皆、白熊騒動に注意を奪われているようで、付近に人は居ない。

「なにしてるの！　死ぬよ！」

抑えようとも結構な声量が漏れてしまう。

「怖かった……。白熊って霊感あるのかな——あ、もう死んでるようなものです」

「生きてたら本体がショック死するわ！」

「えへへ」

おかしいことなんて何もないのに、ユズは脱力するような笑みを向けた。終いには縁結びの神社に飛びついて、小さな鳥居に手を合わせている。私は彼の軽さにあんぐりと口を開いた。野太い叫びが迫ってきたのは、そんなときだった。

「うあああああ！　撮っちまっだあああイヤアアァ！」

健二だ。彼は全力で駆けてくると、身をよじって己を抱いた。

「ひいいい」

歯をがたがたと震わせるさまは、さながら極寒の地に佇む男のようだった。

「何があったの」

「写っちまった」

ふっと力を抜いた健二から、魂までも抜けていくようだった。すっかり放心した様子で、彼は携帯電話を差しだす。

画面には水槽に飛びかかる白熊と、笑顔の健二、それから……嘘でしょう。私は息を呑んだ。霞のようにぼんやりと、ユズが写り込んでいる。白熊から逃げるユズは、まるで劇画のように鬼気迫る表情をしていた。

「くふっ」

私は噴きだした。ユズに画面を傾ければ、彼は飛び跳ねる。

「えっ！　これ僕ですか――なにこの髪型！」

私は頷きながら、込み上げる笑いに歯止めが利かなかった。

「ふははっはははは」

「なして笑ってられる！　俺、呪われるんだああ」

「すごい、すごいっ。こんな顔で写るなんてショックです！」

「ふはは、ひいい……もうだめぇ」

心を病んだ健二は、しばらくベンチで休むと言いだした。私はユズと二人、海獣コーナーへ進むことにする。これからオットセイのショーが始まるらしい。

石段造りの客席は、ほぼ満員だ。電車の座席のように誰がユズの身体に重なってしまうかわからないので、後方の通路から背伸びするくらいが丁度良い。

もしかしたらオットセイもユズの存在を認識するかもしれない。ステージに行っちゃ駄目だよ、と釘《くぎ》を刺せば、ユズは背筋を伸ばして頷いた。

オットセイが芸を見せるたび、観客から拍手が上がった。ユズも鳴らない両手を叩いて懸命にショーを称えていた。

可愛いのはアザラシだ。説明看板にあったとおり水槽にハンカチを振ると、まるで挨拶を返すようにヒレをぱたぱたさせてくれる。ユズはすっかり魅了されたらしく、一向に動きそうもない。

ショーから一斉に流れてきた客のほとんどは先へ消えた。辺りが静かになったタイミングで、ユズは口を開いた。

「今朝の話の続きなんですけど」

もしかしたら彼は、私と二人きりになるときを待っていたのかもしれない。

私はハンカチを下げて、ユズに顔を向けた。

「僕、やっぱり脇本に住んでたと思うんです」

「本当！」

大きな声を出してしまったと気付いて、私は口元を押さえる。

「柚子の木の家の子が気になります。なんとなく、あの辺の景色に見覚えがある」

「やっぱり？　帰ったらすぐおばあちゃんに聞くから」

朝は健二がうるさくて、改まって祖母に話を振る余裕もなかった。

「ユズ、写真の自分を見て何か思わなかった」

「髪が、予想以上にくるくるで……」

「今ふざけないで」

「ふざけてません。もっとちゃんと写りたかったんです」

「わりとくっきり写ってたよ」

「あんな変な顔じゃ役に立ちません」

「なにに」

ユズは答えない。そして彼が答えるまで私は退かない。

「なにか隠してない」

「隠してはいないです」

「なんか変だよ。事故の被害者が自分じゃないって言い切れるのも、変。わかってることがあるなら教えて」

私はぐっと睨みを利かせる。

するとユズは弱々しく述べた。

「あのう、桃さん。ちょっと会ってほしい人が居るんです」

「だれ。幽霊？」

「ではないんです」

「あっ」

私は口元を押さえて、遠慮気味に尋ねた。

「もしかして、ユズの好きだった子？」

「桃さんは会えませんよお」

ふやけた顔で笑われて、なんだかむっとした。

「じゃあ、だれなの」

「サプライズとして待ち構えていてください」

「サプライズは予告しないよ」

強めに切り込めば、ユズははぐらかすように笑った。私にはどんどん苛立ちが募る。

「私は事故の被害者に会いに行きたい。その人がユズじゃないのか確認したい」

「その人にも会えます。同じところに居るだろうから。というか、その人がその人なのかも」

「ちょっともう、よくわからないんだけど」

「僕もよくわかってないんです」

きっと今、私の顔にはあからさまな怒りが表れていた。

「ごめんなさい」

ユズがしゅんと言葉を湿らせる。

すると私の焦燥も、水を被ったように湿気てしまった。ユズの元気がなくなるのは嫌だ。純粋なものを曇らせてしまったようで、罪悪感が芽生えてくる。

「私、どう動いたらいいのかわからない」

でも、思い返してみれば、彼から直接「助けてほしい」と言われたことはない。私が勝手に協力しているだけだ。それなのにわからないと寂しがって、通じ合えないことを腹だたしく思うだなんて。

「なんだか片思いしてるみたい」

「へえっ」と、間の抜けた声を上げて、ユズが私を見る。

「あ、違うの。そういう意味じゃなくて」

後方から近付くカップルを察して、会話が途切れた。私たちは彼らに場を譲り、歩きだす。順路は終盤に差しかかった。土産コーナーに繋がる人気《ひとけ》のない通路で、急に立ち止まったユズが声を張り上げる。

「好きです！　僕と付き合ってください！」

ぴんと背筋を伸ばした気をつけの姿勢で、瞳は明後日の方向を向いている。いったい、だれに言っているのだ、という感じだった。

「あ、え。私に言ってるの」

固い表情で、ユズは頷く。

「あ――ごめんなさい」

返事を受け取ったユズは「あれ、おかしいな」とでもいうような難しい顔で、宙を見上げた。そしてまた仕切り直す。今度は正面から私に向かい合った。

「僕と、付き合ってください」

ゆっくりと確認するように、私が理解できるよう丁寧に、言い直したつもりなんだろう。

私は頭を下げる。

「ごめん」

「え？」

「え」

「なんでですか」

「なんでって」

私は喉の奥に力を込めた。

「あなた、おばけでしょう」

ユズは落雷でもくらったように飛び跳ねた。壁に張り付き、首をひねって、恨めしそうに私を責める。

「僕のこと死人扱いした！　生きてるかもとか言うくせに！」

「ええ……ユズだって自分のこと幽霊って言ってるじゃない。ていうか、なんで、今。わりと険悪な空気だったよ」

「ほら僕、こんなに危うい身体なので、何事も思い立ったときに済ませておかなきゃ」

ごもっともな気がするから嚙みつけない。私はなるべく棘のない言葉を探した。

「じゃあ尚更、今の状態では付き合えないよ」

「予約！　予約します」

「予約って……それに私、多分年上だよ」

「それがなんですか」

「あの、まだ出会って一週間弱だし」

「密度濃い時間を過ごしましたね」

「彼氏が居るんだってば」

「それについては桃さん、全然そんな気配ないじゃないですか。お母さんと、友達の真理恵《まりえ》ちゃんくらいしか連絡取ってないでしょう」

「観察するのやめてよ」

「彼氏と付き合ってどれくらいです」

「二年」

くらいにしておこう。

瞬間、怯んだユズの顔を見て、また後ろめたさが募る。

「どんな人ですか」

「石みたいな人かな」

「名前は」

「地蔵——あ、次造。次男なの」

重ねる嘘にほころびが生まれそうで怖い。もう追及してくれるなよと切に願えば、今度は続く沈黙が恐ろしい。

「呪わないでね」

「僕に乗り換えてください」

「なんてこと言うの」

「一目見たときから心に決めてました」

「憑いていく相手をでしょ」

「僕じゃ駄目ですか」

食い気味に頷く。

「実体がないからですか」

控えめに頷く。

「愛は心で繋がるものですよ」

「そんなこと言って、ユズにも彼女が居たらどうするの。今だって泣きながらユズを想ってる子が居るかもしれないのに」

きっと彼は考えもしなかったんだろう。まさに青天の霹靂《へきれき》、といった様子で天を仰いでいる。

「それにユズ、好きな子が居たんでしょう」

「はい！　はい！」

妙に元気な返事が場にそぐわない。彼の思考がまったく読めなかった。さらには「でも叶わなかったんです！」と、嬉しそうに言い切るから、情緒もよくわからない。

「あのさ、もしユズが成仏しちゃうときが来たら私、ひとりぼっちになる。付き合うだなんて無責任だと思わないの」

ユズの明るい無神経さに腹が立つ。強まる口調に歯止めが利かなかった。

「仮にユズがどこかで眠っていて、今が幽体離脱の状態であったとしても、目覚めたときに私のことを覚えてると思う？　ユズにとっての今は、夢の中の出来事みたいなものなんじゃないの」

おろおろと両手を浮かせるユズは、言葉が見つからない様子だった。構わず私は意見する。

「で、好きな子なり彼女なり、他の子への愛情を思い出すんだよ。私だけがユズを覚えているままで。そんなのひどい」

「あれ？　僕のこと好きみたいになってますよ」

「違う。お地蔵が好き」

「お次造ってなんですか」

「……私の地元、群馬では恋人に敬意を払って、名前の最初に『お』を付けるの」

「さすがに信じませんよ」

そうだろう。強歩で先を行くもユズは忠実に私のあとを追う。

前方に回り込んだユズが、注目！　とばかりに両手を挙げた。初めて出会った日と同じ。違うのは心の距離感だけだ。突っ切ることもできるのに立ち止まる私は、私だけは、彼の存在を無視したくなかった。

「僕が生きていて、告白したら付き合ってくれますか。きっと絶対、彼女は居ません」

「覚えてないだけでしょ。居る見た目してるもん。毛先ぐりんぐりんだもの」

「ちょっと。天パかもしれないじゃないですか。それかハーフで地毛なのかも」

さっきの写真がハーフに見えるものか。

歩きだす私の前方に、ユズが再び入り込む。

「自信があるんです。桃さん以外お慕いしていない自信が」

「……じゃあ、隠し事しないで」

告げれば、ユズの顔がほっと晴れた。彼は淡々と述べる。

「僕、最初は脇本駅じゃない場所に居たのかもしれません」

「どこに居たの」

「病院のような気がします」

衝撃的だった。それって重要な手掛かりじゃないのか。けれどユズの選ぶ言葉は曖昧で、決定的な断言をしてくれない。

「秋田市の総合病院なのかも、って」

「やっぱり事故の被害者ってユズじゃないの」

上がる声量に配慮ができない。幸い付近には誰も居ないけれど、二人きりで居られるのも時間の問題だ。早急にすべてを把握したかった。なのにユズは訳のわからないことを言う。

「でも僕、髪がサラサラじゃないし」

「なんの話」

「順を追って説明しますと、気付いたときに僕は病院の通路に居たんです。でもひどく朦朧《もうろう》としていて現実味がなかった。だから正直それが幽霊になってからの記憶か、死に際に見た夢なのか、自分でもわからないんです」

通路の奥から話し声がした。複数の足音がこちらに向かってくる。

「病院を歩き回る間、ずっと眩暈《めまい》がしていて、耐えきれずソファに寝そべりました。で、眠ったと思ったら、次の瞬間はっきりとした意識で脇本駅に居たんです」

海獣エリアから流れてきた客たちが私を追い越していく。壁の掲示物を眺める振りをしながら、私はユズの声に耳を傾けた。

「それからいろいろあって自分が幽霊だってことを理解しました。けど記憶がないでしょう。どうしてこうなったのかを知りたくて、地図を唯一の手掛かりに自分探しの旅へ出ました。何も摑めず途方に暮れていたとき、桃さんと出会ったんです」

背後でぱたぱたと客足は続く。みんな早く過ぎ去ってほしい。

「桃さんが秋田駅に行くってなった日に病院のことを思い出しました。さ迷っていたとき、受付で病院のパンフレットを目にしていて、駅からわりと近いっていう意識があったんです。僕、夢だったのか確かめたくて、探してみることにしました」

どうして言わなかったの。私は視線でユズに訴える。察した彼は「さすがにそこまで曖昧なことに付き合わせられないですよお」と苦い顔で笑った。

「それで……病院は本当にあって、院内の雰囲気もなんとなく似てました。僕、興奮しちゃって。桃さんが言ってた幽体離脱説に望みをかけたくなったんです」

次第にユズから笑顔が薄れていく。表情には苦みだけが残った。

「病室をひとつずつ見て回っていくうちに一人、僕の年頃に当てはまりそうな寝たきりの男を見つけました」

「えっ？」

ユズを凝視した先で中年男性と視線がぶつかった。同じく「えっ？」と、目を見張る他人から目を逸らして、私は気まずく俯く。

「でも、髪がサラサラだったんですよ。本当、まっすぐ。僕、桃さんからくるくる頭って聞いてたし、さっきの写真もやっぱりくるくるしてた。しかも患者は金髪でした。僕はベージュっぽいんでしょう？」

私は曖昧に首をひねった。金というほどの眩しさはないけれど、ハイトーンだ。そもそもユズ自体、白く霞んでいるので、色については正確なことを言えない。

通りから人の気配がなくなった。やっと声が出せる。

「髪以外はどうだったの。白くて細くて薄くなかった」

「体格は近い気がしたけど、多分桃さんが言うほど白くないです。だから他人だと思って報告しませんでした」

「でも、私に会ってほしい人って、その人なの」

ユズは頷く。

「事故の話を聞いて、病院で見た人を思い出しました。それが僕だったらいいなとも、やっぱり思った。だから顔を見比べたくて、今日は写真に写ろうと励んでいたんですが、変な顔で写っちゃってショックです」

「そういうことだったの」

「桃さんに患者の顔を確認してほしいです」


入口付近のベンチで、健二は溶けそうにうなだれていた。

「俺、呪われてる。男の霊に憑かれてる」

ついてきているのは事実だけれど、憑かれているのは私だ。

涙ぐむ健二の視線が私の指先で止まった。彼はペリドットの指輪を見ている。

「じっちゃん、言ってたよな。石は魔除けになるって」

「そう信じられてきた石もあるよ」

「その指輪くれよお」

「だめだよ――あ」

ずるいことを思いついた。秋田駅へ行くための口実だ。

「秋田駅の近くにすごい魔除けの石が売ってたよ。居合わせたお客さんが教えてくれたの。どんな悪霊でも祓うパワーがあるんだって。もう少なくなってたけど、今日なら間に合うかも」

「行くべ」

がたりと音を立てて、健二が立ち上がった。

以前ユズと訪れた天然石のショップに、魔除けの石は本当にあった。

直径十二ミリの黒い数珠玉が連なる、いかにもな雰囲気のブレスレットを、健二は買った。大金をはたいて質のよい商品を手に入れた健二は、かなり興奮していた。

「おおっすげえ……すっげえパワーだ。俺は感じる、感じるど！　霊は消えた」

健二が祓いたいはずのユズは隣で「へえ」と感心するだけだ。

けれど、もしかしたら希望を信じて明るい心を持つことが一番の魔除けになるのかもしれない。私は健二を見てそう思った。

「私、皮膚科に行きたい」

すっかり気を良くしている健二へ、率直に述べてみる。うまく誘導できるだろうか。

「皮膚科？　なして」

「足の裏に大きな魚《うお》の目《め》ができた。もう立っているのもやっとなの」

私は「ああ、痛い！」と片足を上げてみる。少し芝居じみていたかもしれない。しかし軽そうな見た目に反して健二は純粋だ。

「あえっまじか。はよ言えって。今日歩きっぱなしでねえか」

私は畳みかける。

「近くに大きい総合病院あったよね。ほら、健二と合コンしたナースが勤めてるっていう病院。連れていってくれない？　このままじゃ足から全身が麻痺《まひ》しそう。脇本じゃどこで診てもらえるのかよくわからないし」

「おう。任せろ」

健二があっさりと了承してくれたので、私はさりげなくユズへ親指を立てた。

病院へ到着するなり健二は「舞《まい》ちゃん見つけてくらあ」と、お目当てのナースを捜しに出た。

私はユズの後をついていく。総合病院だけあって中は広い。世間はこんなにも病人に溢れているのかと思うくらい、どの科の待合室も人でいっぱいだった。ただ、大勢の居る空間は心強い。院内を埋め尽くす様々な音が、ユズと話す私の声を小さくくるんでくれる気がした。

「ユズ、その人の名前わかるの」

「ユズキ……」

「ゆず？　名前に『ユズ』が付くの？」

「はい。すごい偶然です」

水族館を出た辺りからユズは笑わなくなった。ユズが笑わないと私は不安になる。

顔を見合わせることなく先を行く彼の背中を、私は追うしかなかった。

まるで帰るべき場所へ戻るように、ユズは歩行をためらわない。なのに自分ができない動作は私に頼む。

「すみません。ボタン押してください」

エレベーターのドアが閉じて、二人きりの空間に収まった。外からのあらゆる音が遮断されたとき、ユズは初めて私を見た。そして困ったように笑う。

「どきどきします」

「私も」

六階は入院病棟になっていた。

受付や外来のある一階よりも、雰囲気は落ち着いている。通路を行き交う患者や病院関係者の姿はあるけれど、息の詰まる人の流れや、せわしなさはなかった。

ある一室の前でユズが立ち止まる。ここなのか、と私は呑み込んだ。

「多分、脇本駅の事故の被害者であるとは思うんです。この間来たとき、看護師さんがそんな話をしていたので」

ユズは入ることを躊躇《ちゅうちょ》している様子だったし、私も私で勇気がいった。ぐっと息を止めて、祈る想いで引き戸を開けた。

窓から差し込む日差しが、個室に穏やかな光を蓄えている。ベッド上に人の気配を感じたとたん、心が大きく揺れた。一歩進むたび、恐れと期待が入れ替わっていくようだった。

ベッドを覗き込む。患者の顔を認識したとき、私は目を見張った。それから大きく首をひねった。

一目見て、ユズだ、と思ったのだ。けれどまじまじ見つめていると、ユズなのか……？　と悩ましくなってくる。

ユズが言ったとおり、包帯から覗く髪がくるくるしていない。サラサラだ。そして眩しいくらいの金髪だった。たったそれだけで雰囲気ががらりと変わる。

心の内でひどく混乱する私へ、ユズが恐る恐る声をかける。

「どうですか」

「ユズ、目瞑ってみて」

「はい」

「おお。うん、ああ……ええと」

「やっぱり違うんだ！」

ユズが瞳を閉じたまま顔を歪める。

私は頭《かぶり》を振った。

「ううん。顔はユズなの。ユズだよ」

確かに同じ顔をしている。特徴を述べるには難しい、清々しいほどあっさりとした顔は、ユズそのものだった。華奢な体格だってそのままだ。ほくろひとつない肌は子供みたいに柔らかそうで、綺麗だった。

「本当ですか？」

片目を開いたユズが恐れるように声を震わせる。

「うん。髪型が違うし、肌の色も今よりもうちょっと健康的だけど」

そう告げたとたん、ユズの顔に血色が増した。

「やった……」

思いの外、静かな歓喜だった。けれど私には彼が心から喜んでいるのだとわかる。ユズが喜ぶと、霊体の色や輪郭が濃くなる。

みるみる心臓が柔らかくなっていく自分に気付いた。すうっと力が抜けて、上手に立てなくなってしまう。私はベッドにもたれて、生身のユズの手に触れた。温度を感じる。

所々に見える痣《あざ》や治りかけの擦り傷も、彼が生きる証しに思えた。ベッド横のモニターに流れる機械的な波模様だって、ユズの命の動きを表している。

ベッドには「柚木海人」というネームプレートが取り付けられている。綺麗に並ぶ四文字は、するりと私の視覚に馴染《なじ》んだ。声に出して呼んでみる。

「ゆずき、かいと」

瞬間、まとわりついて離れずにいた予感が、強く張り巡らされた。

眠っていた細胞が一斉に息を吹き返したように、私の記憶を鮮明に塗り替えていく。

その中に、あの男の子の笑顔があった。

「……かいと君だ。そうだ、海人《かいと》君だった」

私は幽霊のユズを見つめる。ぴたり、当てはまるものを感じた。

「ユズ、やっぱりあの子だ。柚子の木の家に住んでた、毒ぶどうジュースの子」

「あ……よかった」

彼の呆気《あっけ》ない呟きには、ひたすらな安堵が滲んでいた。そして、まるでずっと前から私を知っていたような眼差しを向ける。

「僕、初めて桃さんを見たときに強烈に懐かしい気がして、なんでだろうって思ってました。地図の暗号を解くときも、桃さんの思い出話と似た映像が頭をかすめてたんです」

「私も。話しながら男の子にユズを重ねてた」

でも確信はなかった。

「お祭りの日、女の子にキスされた記憶が浮かびました。だから僕、確かめたくて」

「私にキスしたの」

ユズが赤く萎れた。ベッドの本体は微動だにせず、涼しい寝息を立てている。

……あれ、でもそれって。

私は思い返す。「好きだった子」を思い出したのだと、ユズは言っていた。胸におかしな熱が凝縮されていく。水族館での彼の告白が、急に切実なものとして迫ってきた。

「どうしてそれ、早く言わなかったの」

「だって、話そうとすると健二さんがやって来るんですよ」

「ああそうか」

健二とは昨日の昼過ぎから一緒だったので、こうしてまとまった時間ユズと二人きりになるのは、久しぶりのことだった。

「思い出したのは、私と一緒に遊んでいた記憶だけ？　自分や家族のことはどう？」

「ほかはぼんやりとフィルターがかかっているような状態で、はっきりしないんです。でも桃さんから繋がって、金蔵さんのことも思い出しました。子供の頃、僕にすごく優しくしてくれました。……だから亡くなっていたことがひどくショックでした」

だから泣いてしまって、今朝はユズの目が赤かったのかもしれない。

「おじいちゃんには話したの。ユズのこと覚えてた？」

「おじいさん朝帰りだったみたいで、水族館へ行く僕たちと入れ替わりで戻ってきました。なので、まだ話せてません」

「そう。――でも」

　私は眠るユズへ目をやる。

「これはすごい進展だよ」

　本物のユズに辿り着けた。生存を確認できたし、彼が誰なのかもわかった。ここからは順調に物事が進んでいくだろう。そんな漠然とした安心感に支えられた。

　ユズははにかみ、ベッドの自分を覗き込む。

「どうしてくるくるじゃないんだろう。髪色も違うんですよね？」

　なぜサラサラなのかは謎だけれど、金髪については思い当たる節があった。

「今のユズ、幻に近い存在でしょ。光の干渉を受けないっていうか――たとえば宝石って光があって輝くじゃない。だからユズと私のペリドットは違って見える。肌も髪も同じで、本来とは違う色に見えちゃうのかも。光に照らされないと本質が見えない」

「おお、納得です」

「わからないけどね。幽霊が何でもありなだけかもしれないし」

　ユズの髪の毛をぴん、と、つまんでみる。ちょっとした刺激で目覚めないかな、なんて思ったのだけれど、私はあることに気付いた。

「右の耳たぶ、どうしたんだろう。上のほう」

寝ているユズの右耳が一部、赤茶色に変色している。治りかけの火傷《やけど》みたいな痕だった。

「本当だ。線路に落ちたときにぶつけたのかな」

「ぶつけたって感じじゃなさそうだけど――今もあるの？　見せて」

普段は髪がかかっている部分だし、霊体の白さもあってわからなかったのだ。髪を上げたユズの耳は、若干色みが違った。

「気付かなかった。目覚めたとき、痛くないといいね」

「どうやって目覚めるんだろう」

続く沈黙を、先に破ったのはユズだった。

「よし、見ててください」

むんと胸を張るユズが、数歩後ずさって助走をつける。踏み込む足が数歩跳ねた先で、彼はベッドへ飛び込んだ。生身の身体に霊体が重なる。今、ユズがユズの中に還ろうとしている――のだけれど、透き通るユズは自身の体を泳ぐだけだった。

「あれ、やっぱりこの人僕じゃないですよ。蘇りませんもん！」

「戻り方、それで合ってるの」

「ちっともわかりませんねえ！」

吠えるユズがベッドを降りた。

「あれかな。やはり未練があって死にきれないのかもしれません」

「生きてるのに、死ぬなんて言わないでよ」

言いながら、怖かった。だって恐らく事故の日からずっと眠っているということだ。

私はぎゅっと、ベッド上に放られたユズの指先を握った。華奢に見えてもやはり男の子の手だ。私よりも太く、ごつごつしている。

「あのぉ、照れます。そんなに触られると」

「なんだか私、宝物が見つかった気分」

「宝物――あ」

ユズがベッド脇のチェストを指さした。

「桃さん、その辺の引き出し漁ってください」

「漁って、って……」

まったく気が乗らない。

「早く早く」と急かされて、私は渋々、二段の引き出しを上から順に開けた。一段目には服が畳まれて入っている。幽霊のユズが身に着けているものと同じだ。やはり本物のユズなのだ、と目頭が熱くなる。泣きそうな顔を伏せて、私は気丈に振る舞う。

「服だよ」

「二段目、行きましょう」

なんだか泥棒みたいで嫌だ。それも手短に済ませようと動作を速めるほど、盗人感が増していく。

底の深い二段目の引き出しには鞄が入っていた。カーキ色のメッセンジャーバッグだ。

「ユズの荷物かな」

「中、見てください。地図が入ってませんか」

「それよりお財布とか携帯のほうが重要じゃないのかな」

とはいえ、貴重品は預けられているのか見あたらない。

フロントのポケット部分をまさぐれば、紙切れの感触が伝わった。抜き取り、引き出しを閉める。左右後ろと首を振り、誰にも見られていないことを確かめてから、ほうっと息をついた。

四つ折りの紙を開く。見覚えのある宝の地図だ。文字や地図の線は、幽霊のユズが持っているものよりもはっきりしている。

「すごい。実物だね」

「持っていてください。これで桃さんも見やすくなります」

「それって泥棒になるんじゃ……」

「さて、そろそろ戻ります？　健二さんを待たせてるし、僕、起きないだろうし」

ベッドへ視線を向けるユズは、少し名残惜しそうだった。私も同じだ。せっかく見つけた宝からまた遠ざかるようで、退室の意志が湧かない。それに気にかかることもあった。

「ユズは病院に居たほうがいいんじゃないの。身体のそばに居ないと戻れないかも」

しかし彼は断固拒否、と下唇を突きだす。

「嫌です。夜の病院なんて怖すぎるじゃないですか。眠らない僕には地獄です。さ迷ってたときに僕、人かと思ったら幽霊に声かけちゃって、でろんでろんの顔で追いかけまわされたんです。メスで刺そうとしてくる外科医の霊まで居ました」

そういう話はやめてほしい。私は眉をひそめた。

「起きるタイミング逃しちゃうかもしれないよ。目覚めたら記憶も自然と戻るかもしれないし、宝はそのあとで探せばいいじゃない。私、明日も来るからさ」

「いーやーだー！」

地団太を踏む男は、寝顔のほうが賢く見えた。

けれど果たしてどうするべきなのか、私にもわからない。置いていくのも心配で、連れていくにも不安が残る。迷っていれば、後ろで病室のドアが開いた。私はとっさに地図をポケットに仕舞う。

「あら、こんにちは」

「こんにちは」

振り返り、頭を下げる。ひどく緊張していた。

扉の前に立っていたのは中年の看護師だった。彼女はベッドへ歩み寄ると、異常なし、といったように頷く。それから私に話しかけてきた。

「柚木《ゆずき》さんのご友人ですか？」

疑るような眼差しではなく、口調も軽い。ひとまず安心して話を合わせた。

「はい」

「柚木さーん。お友達が来てくれましたよ」

看護師が呼びかけても、眠るユズからはなんの反応もない。客観的な立場から改めてその様子を眺めていたら、急に怖い現実が襲いかかってきた。弱々しく、私は尋ねる。

「ユズ——柚木君、大丈夫そうですか」

「あとは目覚めるだけですね」

優しい声には励ますような力強さが滲んでいる。きっと私を脅かさない言葉を選んでくれたんだろう。わかっていても、心強かった。

瞳の際に幽霊のユズが入り込む。私は急ぎ、表情に力を込めた。不安がるよりも、すべきことがある。情報収集だ。

「あの、柚木君の家族はお見舞いに来てますか」

「お母さんが毎日来てますよ。今日はもう帰ったかな」

背筋が伸びる。ユズに会わせたい。血縁者との対面は、記憶を取り戻すきっかけになるんじゃないか。

神経を張り巡らせる私の隣で、ユズは眠る自分の頬をつついている。そして思いついたように呟いた。

「僕のネックレス、どこにあるんだろ」

確かに、本体の胸元にはない。引き出しとバッグの中にも見当たらなかった。ユズの母親が預かっているのかもしれない。私は軽く捉えたけれど、ユズは落ち着かないみたいだ。「どこにあるか聞いてください」なんて口を挟んでくる。

「う、あの。柚木君、ネックレスしてませんでしたか。緑の石の」

「ああ、してたけど、何日か前に彼女が預かっていきましたよ」

しばらく言葉が出なかった。私は思いの外、衝撃を受けている。背後に立つユズも、しんと息を潜めたのがわかった。

「あ……そうなんですか」

心臓が上下する。身体が嫌な火照《ほて》りを覚えた。

「彼女って、金髪の長い髪の子ですか」

そしてギャルならば、ユズの記憶に残る駅の映像との折り合いもつく。襲われたわけじゃないのなら、その点は懸念せず済むだろう。

ぐっと爪先に力を込める。しかし返ってきたのは的外れな答えだった。

「黒髪でおかっぱの、大人しそうな子でした」

ギャルですらない。

妙に現実的な回答が、私に肩透かし以上の打撃をくらわせた。

私の戸惑いを察したらしく、看護師の声が曇る。

「柚木さんのお母さんとも仲がいいみたいで、何度か二人で話してるところを見かけました。金髪の子は見てないけど……柚木さん、なかなかプレイボーイなのかな」

「そうみたいです」

「えっ」とこちらを凝視するユズを無視して、私は頭を下げた。

「私、下で人を待たせてるんです。そろそろ行かなきゃ」

笑みを浮かべながら、両足まで浮かんでいきそうだった。自分の存在が急に恥ずかしい存在に成り代わっていくような気がした。

病室の扉を閉めるとき、ユズが通り抜けたか確認を怠った。案の定「わあ」と驚く声が後ろで上がってしまう。引き戸でユズの身体を轢いてしまったらしい。

「あっごめん」

面食らった様子のユズと目が合ったけれど、私はすぐに瞳を逸らした。ここへ来る前の自分に戻れない。

「いえ、びっくりしただけでちっとも痛くないんで」

返されるユズの言葉も固かった。

以降は会話が続かない。振り切りたくて足早にエレベーターへ向かった。いざ乗り込み、二人きりの空間に収まっても、気まずさは増すだけだ。

「桃さん」

呼ばれても顔を見られない。普段どおりにしたいのに、うまくいかなかった。

「ユズ、よかったね。お母さんと彼女を見たらきっといろいろ思い出せるよ」

ユズに恋人がいるなんて、想定の内だった。なのにおかしい。ひとたび気持ちが緩んだら、彼を責めてしまいそうだった。耐えるよう爪先に力を込めて、私は明るい声を出す。

「だめだよ。私より先に彼女を思い出さなきゃ」

「彼女については僕、ぴんとこないです」

「でも、いるんだってば」

「思い出せません」

「思い出せない、って使い勝手のいい言葉だよね」

それは紛れもない嫌味で、ユズへ対する明らかな攻撃だった。私はすぐに悔やんだけれど、すうっと軽くなる胸には悪魔的な清涼感が漂っているのだから、ひどい。

ユズは黙ったまま、謝罪も反論もしなかった。

相手をはねつけて守ったつもりの自分の心は、結局ごっそり欠けていく。沈黙が長引くほど、自分が悪者になっていくみたいだ。

「……ごめん。ひどいこと言った」

「そんなことないです」

「ユズ、病院に居て」

「一緒に帰ります」

「そんなことして、もし目覚められなくなったらどうするの」

「大丈夫だと思います。なんとなく」

「なんとなく、ってなに」

顔中に嫌な熱を感じる。私だけ、口調が荒くなっていく。

「なんとなくで物を言わないで。なんとなくで、告白もしないでよ……」

エレベーターの扉が開いた。とたんに目に映るものが増える。そこらじゅうに、まとまりのない音が行き交っていた。騒がしさにほっとする。喧騒《けんそう》に溶けてユズのことなんて気付かなくなりたい。

扉が閉まったとき、ユズがもうついてこないような気がしていた。

待合室に派手なピンクの頭を見つける。健二は通りすがりの若い看護師に声をかけて、鼻の下を伸ばしていたけれど、私の姿を見つけるなり立ち上がって足を速めた。

「桃、魚の目取れたんか」

健二の明るさと、ユズの陽気さは違う。同じようにあっけらかんとしていても、私はユズにだけ腹が立つ。

「おい、なして泣いてんだ」

そして悔しくて泣きたくなる。

「魚の目取るの、そんなに痛かったんけ」

「うん。痛かった。すごく」

目元を拭って鮮明になった視界に、ユズの姿は見えなかった。

8月8日　私を忘れた元幽霊

先に付きまとってきたのはユズだけれど、一度退いた彼を家に引きずり込んだのは私だ。

宝探しに協力するのも、ユズの過去を探るのも、私の勝手な意志だった。

一夜明けて、恥ずかしくなる。振り回されて怒ったつもりでいた。けれどユズを突き放した一番の原因は、私の嫉妬心だ。

ユズは帰りの車に乗らなかった。あのままエレベーターを降りなかったのかもしれないし、途中までついてきて気が変わったのかもしれない。一度も振り返らなかった私にはわからない。彼は今日、朝の縁側にも居なかった。

私の言いつけどおり、病院に居るんだろうか。

もしかしたら脇本駅に戻ったまま、また迷子になっているのかもしれない。私は不安になって、昼過ぎに駅へ向かった。

ユズは居ない。ホームの椅子に腰かけて、空を眺めた。くっきりとした青が広がっている。まるで世界の天井を、絵具で一色に染めたみたいだ。私は夢のような景色にぼうっと身を委ねたまま、うるさい蝉の声を聞いていた。

そういえばユズはどの辺に倒れていたんだろう。どうしてホームから落ちたりしたんだろう。彼の身に何が起きたのかは、今もわからないままだ。

立ち上がって線路を見下ろした。ホームとの高低差はうんとあるわけじゃないけれど、ジャンプして飛び降りたら、足に強い痺《しび》れが走るだろう高さだ。無防備な姿勢で落ちれば無傷じゃ済まない。

痛かっただろうな。

眉根を寄せて、視線を落とした。とたんに眩しい光に瞳をつかれた。砂利の隙間で何か小さな物が発光している。

強く引き寄せられるものがあった。確かめたい衝動に駆られて足が動く。

次の電車が来るまで、まだ時間がある。辺りに人が居ないことを確認して、線路に降りた。悪いことをしているようで、そわそわする。

今日は真夏日なのだと、今朝のニュースで報じていた。小石のひとつひとつが熱を持っている。もっと日差しを吸収して今以上に熱が籠もったら、そのうちポップコーンのように弾けてしまいそうだ。

さっきの光はどこだろう。腰をかがめて地面を探る自分が、いつかの不気味な女と重なった。そうだ、丁度この辺りだった。あの人も何かを捜していたんだ。焼け石を一心に掻き分ける彼女は、私の気配に気付きもしなかった。周りが見えなくなるほど必死だったのだ。

じっくりと視線を左右に揺らした先で、小さな光が主張した。発光体を指でつまみ上げる。細かいカットの効いた宝石は、陽の光に反応するたび、ちかちかと瞬いた。

私ははっと息を漏らす。

ペリドットだ。緑色は夏の木の葉で絞ったオイルのように、こっくりと深く透き通っている。

これは——ユズのネックレスじゃないのか。

幽霊のユズが持つ物と色味は違うけれど、カットや大きさ、デザインが一致している。

チェーンの長さを確認しながら確信する。彼のネックレスは胸元までくる長さだった。

「どうして」

ぽつり、発した言葉は誰にも拾われない。

どうして線路に落ちているんだろう。事故当日にユズが落としたのなら納得はいく。

けれどネックレスはユズの彼女が預かっていったと、昨日、看護師から聞いていた。何もわからない。でも、ひとつ思うことは「渡してあげたい」。それだけだった。きっとユズは喜ぶだろう。彼の屈託のない笑顔を見たら、また優しくなれる気がする。自分にとって大切なものには、優しくしていたい。寂しくても。

スカートの裾でペリドットを拭って、ポケットに入れた。ホームに上がって次の電車を待つ。


病室には眠ったままのユズが居る。昨日と何も変わっていない。

けれど幽霊のユズが見当たらない。知らないうちに消えてしまっていたらどうしよう。結局、見える場所に居ないと不安でしょうがない。

「ユズ、ネックレスを見つけたよ」

言葉は相手の耳をかすめもしない。彼は世界を塞いで規則正しく寝息を立てている。今、目覚めたら、彼は他人のような目で私を見るんだろうか。幽霊のユズの記憶はちゃんと、本体に還るんだろうか。

病室からは夏の気配が追いやられた。突き放すように清潔な匂いと、作られた涼しさが固く空間を覆い尽くしていた。整然としていてそっけない四角の中に、ユズが閉じ込められている。

じっとしていると気持ちが負けてしまいそうで、私は病室を出た。

病棟の休憩所には、患者や見舞客がちらほらと座っている。

窓沿いの長椅子に腰かけて、遠い街並みを眺めた。脇本とは違って、分厚い入道雲が空の大半を覆っている。雲間から伸びる陽射しの帯が、まるで天国へ続く光のようで、私を不思議な感覚にさせた。

「わあ、綺麗」

付近から上がる声に反応して、私は首を傾けた。隣に座っていた女性が私の手元を見ている。若々しい雰囲気にぱっと見、同年代かと思ったけれど、母親に近い年齢かもしれない。でも穏やかな顔つきには、少女のような愛らしさがあった。

「あ、ごめんなさい」

女性は照れたように口元を隠すと、人懐こい笑みで話しかけてきた。

「指輪、すごくキラキラしてたから」

「ありがとうございます」

「それ、ペリドットだよね」

まるで陽だまりがしゃべりだしたような、温かな声だった。相手からの純粋な好意を感じとって安心した私は、すんなり会話に応じていた。

「はい。宝物なんです」

「ちかちか光って笑ってるみたい。ペリドットって見てると元気になるよね」

急に、ユズの姿が頭に浮かんだ。

「そうですね。元気で無邪気で、ちょっと悪戯《いたずら》っぽいけど憎めない感じが、見る人を明るい気持ちにさせてくれます」

するとは女性はきょとんとした表情を向けたけれど、次第に笑みを浮かべ嬉しそうに話に乗った。

「私はねえ、アクアマリンが好き。昔住んでた家の近くに海があってね。アクアマリンほど綺麗じゃないんだけど、見てると思い出すの。穏やかで、無限大に優しくて、そっと心に寄り添ってくれる感じが、アクアマリンのいいところ」

「わかります。私もおばあちゃんちの近くの海を思い出すから」

「綺麗な海なんだね」

「うーん、あまり綺麗じゃないんですけど、心には優しいというか」

「ああ、わかるなあ。綺麗なものだけが美しいわけじゃないもんね」

優しい眼差しに、冷えた心が温められていく。澄んだ瞳の奥で、相手の好意が増幅したように見えた。

「私ね昔、海に行ったあとにアクアマリンの指輪をなくしちゃって。若い頃、夫からもらったものだったんだけど――息子が一生懸命捜してくれたの。海に入ってクラゲにまで刺されて。助けようとした息子の友達が一緒に溺れちゃったみたいで、大変だったわ」

満たされたような顔で遠い過去を辿る女性は、しあわせそうだった。

「指輪、見つかったんですか」

「洗濯物のポケットに入ってたの」

彼女はお茶目に笑うと、また私の指元に目をやった。

「ペリドット、誕生石なの？」

「いえ――」

私は少しの間、目を閉じてから、大切に言葉を紡いだ。

「でも大切な人の誕生石かもしれない。今、ここに入院してるんです」

「そうなんだ」

女性の瞳に憂いが滲む。霞んだ目の奥で大切な誰かを見ているようだった。

「……確か誕生石はお守りになるんだよね」

「そう信じられてきたみたいです」

「うん。きっと力になってくれる。こんな奇跡みたいに綺麗な宝石だものね」

明るく言い切って、彼女は立ち上がった。

「さて、一度帰らなきゃいけないの」

それから「じゃあ」と微笑んで、緩やかに去っていった。病院という場所の陰鬱さを、ちっとも感じさせない足取りだった。

感化されて、私も立ち上がる。さっきよりも気持ちが強くなっていた。


ベッド脇の椅子に腰かけて、ユズの寝顔を見つめる。金髪と明るい肌色のせいか、何もしゃべらずとも存在が眩しい。

ポケットからユズのネックレスを取りだす。一度離れ離れになった宝石が、持ち主とまた巡り合えた。ユズに寄り添う光があってよかった。ペリドットが孤独にならずに済んでよかったな。

私は胸元で強くネックレスを握りしめる。

「お願い。助けて」

気付いたら、言葉にしていた。石に願うなんて、馬鹿げてると思っていたのに。

過去にどれだけ願っても、石は祖父を救ってくれなかった。

祖父は去年、脳卒中で病院へ運ばれた二日後に息を引き取った。あんなに宝石を想い、愛《め》で、尊んでいた祖父なのに、言い伝えられてきたはずの石の力は働かなかった。

石はあるだけ、ただ綺麗なだけだ。ずっと静かに眠っていた土の中から無理やり掘り起こされて、削られて、知らない土地に飛ばされた挙句「願いを叶えてくれ」と乞われるなんて、悲劇ですらある。

それでも私は祖父の回復を願っていた。石の伝説を信じて祈っていた。一切の光がないより、うんと心強かった。眠るユズを前にした今だってそうだ。

悲しいとき、つらいとき、ひどく不安でどうしようもないとき、人の心は見えない力を信じることで復興していくのかもしれない。

どうか目覚めるよう、ペリドットに願いを込める。

ふいに窓の向こうで雲間が晴れた。病室に午後の日差しが舞い込む。みるみる明るい色に満たされて、小部屋が別世界に塗り替えられていく。手を開くと、太陽を見つけたペリドットが光を放った。なんだか魔法みたいだな。ぼんやりと白濁した私の思考を、聞き慣れた声が掻き分けた。

「あれ、どなたですか」

本当にすぐそばだった。急な緊張に拳を握る。声の発生源を辿った先で、私は言葉を失った。

ユズが目を覚ましている。

ぽかん、と口を開く私の目の前で、ユズはより大きく口を開け、あくびを吐いた。それから上体を起こし、周りを見渡したあとで彼の動作が止まる。何もかもを理解していない顔だった。「ここ、どこですか」なんて私に聞いてくる。他人みたいな眼差しで、不自然な距離感を持って。

「あ……ユズ」

自身の苗字に反応したらしいユズが、はっとした表情を見せるけれど、その顔には疑問が浮かんでいる。言いづらそうに彼は頭を掻いた。

「僕、寝ぼけてるのかな。お姉さんのこと思い出せないや。ちょっと待っててくださいね」

うーん、と目を瞑《つむ》るユズへ、私はとっさに右手を伸ばしていた。

「いい。大丈夫。目を開けてて。お願いだから」

目を閉じたら、またそのまま眠ってしまいそうで怖かった。身体が震える。掴んだユズの腕にまで振動が伝わることを恐れて、私は手をひっこめた。

「――あなたはね、事故に遭ったの」

「事故？」

「それで何日も眠ってた。記憶が曖昧なのは多分、頭を打ったせい」

「あ、だからか」

「事故に遭った日、何があったか思い出せる？」

黙り込むユズの顔に苦心が滲む。彼は困り顔で笑った。

いた。

「柚木、海人」

私は頷いたきり、視線を上げられない。ネックレスを握る左手も、ずっと開けずに

「そう。自分の名前はわかる？」

「いや」

「うん。そう。それからね、ここは秋田の病院」

「秋田？　なんでだ……？」

記憶喪失の影響は、ユズ本体にも出ている。しかし幽霊のときほどではないらしい。少しの時間をかければ引き寄せられるくらいに、記憶は彼のそばにあった。

「そうだ、旅行に来てたんだ。昔、こっちに住んでたんです」

「自分がどこから来たのかはわかる？」

「東京です」

「そっか。ほかに、自分について思い出せる？」

「ええと、大学に通っていて、ＣＤショップでバイトをしています」

「そっか、そうなんだ」

「歳は——あれ、今日って何月何日ですか」

「八月八日」

「あ、誕生日だ。今日で二十歳です」

軽く言われて私は面食らった。

「え、おめでとう」

立ち上がり、必要以上の声を上げてしまったあとで、顔が熱くなる。そそくさと椅子に腰かけて、静かに祝福を重ねた。

「……おめでとうございます」

「ありがとうございます」

からりと笑う姿も、陽気な口調も変わらない。

「でもまだお姉さんのことが思い出せないや」

私たちの関係性だけ、変わってしまったんだ。

「私は――」

私は、なんなんだろう。

深く考えるまでもなく、察していた。

目覚めたユズの記憶に、私は存在しない。

喉の奥が熱い。何か伝えようとするほどに、胸が痛く焼ける思いがした。

言葉にならず、私はただ笑ってみせる。冷たいものが頬を伝った気がするけれど、本物の感触なのかも判然としない。みるみる五感が吸い上げられて、感覚が迷子になっていくようだった。

静止してしまったユズが動き出すまでには、時間がかかった。

「僕、ちゃんと思い出しますから」

申し訳なさそうに記憶を手繰る、必死な彼の姿を見れば見るほど、二人の距離が離れていく。

「いいの。大丈夫」

私は言い聞かせる。ユズにではなく、自分にだった。

「私が覚えてる」

左手に彼の指先が触れた。もしやネックレスに気付いたのかと鼓動が跳ねる。ユズのペリドットを手にした経緯を、自分でもなんと切りだせばよいのかわからない。けれど違った。彼の意識は私の指輪へ向いている。

「ペリドットだ」

「うん。ペリドット」

「僕、この石好きです」

知ってる。

「誕生石なんです」

やっぱりそうだった。

「僕もネックレスを持ってます。最近、もらったんです――そうだ、大切な人から」

それって彼女かな。

「あ、ごめんなさい。触っちゃって」

ユズが恥ずかし気に手を引いた。

せつなさが身体中を吹き抜けていく。波のような、風のような感覚に揉まれて、心が散り散りになっていく。隙間だらけ、寂しさの余韻がずっと胸から離れない。

「お姉さんの、大きくて綺麗だなあ。ペリドット好きなんですか」

「……うん。大好き」

そう伝えたら、また心がくっつくような気がした。

ユズは満足そうに笑んでいる。しかし明るさを取り戻した彼の目元は、だんだんとまどろんでいった。

「あれ、なんかまだ眠たいや」

そして白いシーツに吸い寄せられるよう、ユズはベッドに沈んだ。細まる瞳が淡く私を映している。

「また会えますか。今度までには絶対思い出します」

私は答えられず、曖昧に頷く。

微笑み目を閉じたユズへ、次の言葉は届かなかったかもしれない。

「……思い出して」

ユズの腹部がゆっくりと上下する。同時に静かな呼吸が伝わってきた。寝顔は目を覚ます前よりも安堵に満ち、安らかだった。

私は力なく椅子に座ったまま、ユズを眺めていた。このまま日が暮れなければいい。ずっと明るい世界のまま、彼が目に見える景色のまま、そばを離れたくなかった。

感情が、静かな速度で押し寄せてくる。そうして胸に収まる想いを、私は受け入れた。

「私、ユズが好きなんだ」

「本当ですか」

後ろから声がした。私は衝動的に立ち上がる。振り返り、目をむいた。訳がわからない。

ユズが居る。半透明の、幽霊のユズだ。私は何度も前後を見比べて、ありありと現実を映し込んだ。瞳には確実に二人のユズが見えている。

ぽろりと涙が零れた。目元をこすり、幽霊のユズに焦点を合わせる。彼は悲し気に眉を寄せた。

「どうして泣いてるんですか」

「待って待って、ユズ、なんで居るの」

「いやあ、僕、なんだか消えちゃって。今まで完全に意識不明でした」

「いつからここに居たの」

「つい三十秒ほど前です。それで、なんで泣いてるんですか」

「泣いてないよ。あくびをしたの」

「桃さん、さっき」

何を問われるのかわかって、身体が熱くなる。私は言葉を速めた。

「さっきユズ、一瞬起きたんだよ」

背筋を伸ばしたユズがベッドへ駆け寄る。

「本当ですか！」

「本当。私、しゃべった。なのにどうして。また眠って幽霊に戻っちゃったってこと？」

「僕、どんな感じでしたか。桃さんのこと覚えてましたか」

輝くユズの瞳には期待が滲んでいる。まるで私が頷く未来以外、予想していないみたいだ。

できあがってしまったわずかな間に、私は焦る。急ぎ、笑みを作るけれど、ぎこちなかった。

「覚えてた」

言葉が妙に力んでしまう。自分自身を上手く調整できない。

恐らくユズは何かを感じ取った。晴れていた瞳が陰る。けれど一瞬のことだ。彼は声を弾ませた。

「よかった」

「……ユズ、昨日はごめんね」

「昨日——あ、一日経ってたんだ。僕もごめんなさい。意地でもついていこうとしたんですけど、エレベーターの扉が開いたとたん外科医の霊と鉢合わせしてしまって。叫んだら桃さんが怖がるから、無言で逃げたんです」

「その話を聞いてる今がすでに怖いよ」

「なんか僕、狙われてるんですよ。幽霊なのに元気だから気にくわないのかも」

「あ、ユズが起きたって看護師さんに知らせなきゃ」

一瞬だとしても、目覚めたのは重大な出来事だろう。しかしユズは否定的だった。

「まだ伝えないほうがいいかも」

「どうして」

「なんというか、もやもやすることがありました。とりあえずここを離れませんか。僕、病院に居ると不安定なんです。また消えるかもしれない」

「消えたら目覚めるんじゃないの」

「そういうことじゃないみたいなんです。とにかく急ぎましょう。嫌な感じがする」

焦るユズの姿に切実さを覚えて、私は応じた。

病室のドアを開く。通路を行く患者や看護師の流れを目にして、身体が現実に染まっていく。足早に進むユズについて歩く私は、いつも以上に彼のそばに寄り添っていた。ユズのネックレスを返しそびれてしまった、と気付いたのは休憩所を通りかかった頃だった。

「桃さん、もしも途中で僕が消えたら、また明日病院に来てくれますか」

「来るけど、また消えそうなの」

「どうだろう……でも消えても桃さんが来たら戻れる気がする」

どういう理屈だろう。嬉しいはずの言葉が、今は少しだけ痛かった。

「ユズ、先に脇本駅にワープすればいいんじゃない。できるんでしょう」

「そうか」

立ち止まったユズが私と向き合う。とたんに視線が、私の後方へ向いた。そして恐らく何かを見つけた。彼の瞳が大きく揺れる。そして一言。

「あ、だめだ」

そう呟いてユズは居なくなった。

果たしてワープしたのか、消えてしまったのか、私にはわからない。振り返り確認した休憩所には、特に異変を感じられない。患者や見舞客が各々に休んでいるだけで、ただそれだけの景色だった。


駅にも家にもユズは居ない。ということは消えてしまったのだ。

胸が落ち着かない。いったい病院に何があるんだろう。私には見えない世界の問題だとしたら、力になれないのかもしれない。それ以前に明日、病院でユズと会えるのかもわからなかった。

一人の縁側は広く感じる。話し相手の居ない夜が二度続いて、味気ない心の空白が広がった。ユズのネックレスと宝の地図を、お供のようにそばに並べて庭を眺めた。

「おじいちゃん、居る？」

返事があってもわからないのに、私は唇を動かした。

「私、どうしたらいいんだろう。気持ちがぐちゃぐちゃだ」

ユズが幽霊に戻って、ほっとした自分がいた。目覚めなくていいだなんて、絶対に思っていないのに。

「忘れられちゃうって、つらいことなんだ」

今夜に限ってクビキリギスは鳴かない。毎晩、合わさらない合唱に挑むみたいに、あちこちから喉を裂いていたくせに。

風が吹かないから風鈴も鳴らない。じっとり湿気た空気が嫌な汗を誘ってくる。明日は曇りだ。星が見えない。夜空は弱った心につけいるように、真っ黒な胸を広げて私を取り込もうとする。今夜は自然にそっぽを向かれている。でも、どうだろう。私の心が晴れないから、世界の輝きが見えないだけかもしれない。

それともユズが居ないから、辺りがこんなに暗く感じるのかな。ユズが隣に居るだけで、不思議と世界は明るく見えた。

静かな心細さに胸を撫でられていく。気を紛らわせるべく、地図を開いた。

「おじいちゃん、これ解ける？」

耳をすましてみても、居間から漏れるテレビの音声が聞こえてくるだけだ。構わず私は語りかける。

「ユズが持ってた地図なの。一緒に宝探ししてるんだ。おじいちゃん、ユズね、秋田市の病院で眠ってる――海人君だよ。昔私と一緒に遊んでた子。秋田に来て事故に遭っちゃったみたいなの。それで幽霊になってた。信じられないことに」

病室のユズを思い出して、目の奥が熱くなる。地図を持つ指先に力を込めて、ぐっと耐えた。

「これ多分ね、宝石に関連した謎解きなんだと思う。①から④はなんとなく読み解けたけど、宝物がある『ザクロの木』がどこだかわからないの」

もしも私がひとりで見つけたら、ユズは喜ぶかな。それとも「一緒に探したかった」と言って残念がるのかな。けれどそもそも、そんな未来はあるんだろうか。

「……寝ようかな」

地図を折り畳み、居間へ戻ろうとしたとき、後方で木材の軋《きし》む鈍い音が鳴った。見ればわずかにアトリエのドアが開いている。

引き返し、ノブに手をかけようとした。寸前でおかしな風圧が上がり、扉が完全に開いた。小窓を開けたままだったろうか。電気をつけて短い階段を降りた。

やはり天井近くの窓が開いている。それでも個室からは、熱が凝縮された濃い夜の匂いがした。

そうだ、ユズのペリドットを磨いてあげよう。ポケットから取りだしたネックレスを机に置いて、専用の洗浄剤を探していると、思いがけず強風が吹き込んだ。衝撃に耐える網戸から小刻みな音が上がる。同時に机に置いたペリドットが飛ばされて、本棚の下に転がってしまった。床に這いつくばって手を差し込むには狭すぎる。定規を差し込み、手探りに床をこすれば、こつんと小さな物が当たった手ごたえと共に、紙きれが引きずられる感触があった。

まずは取り戻したペリドットにほっとする。もうひとつの収穫物は写真だった。長年、棚の隙間に隠れていたらしい。積もる埃を払って眺めた写真には、子供たちが写っていた。幼い私と健二の姿もある。容姿と服装からして、宝石辞典に挟まれていた写真と同じ日に撮られたものかもしれない。場所は縁側、並んで笑顔を見せるのは、忘れてしまったあの子たち。

みんな、こんな顔をしていたんだ。身体の大きな男の子二人は兄弟で、床屋の近くに家があった。背の高い、ふたつ結びの女の子は公園の近くに住んでいた子。手足が長くて、立ち姿が凜としていた。私の隣で笑う一番小さな男の子がユズだ。

ひと際強い風が吹く。裏庭で起こる木の葉の合唱が一帯を支配した。入り乱れているようでわかり合っているような音階が、一斉に吹きわたっていく。無花果の木が揺れている。

なぜか、すうっと思うことがあった。

赤く熟れた無花果は、柘榴に似ている。

身体中、張り詰めた糸が音を立てて弾け飛ぶ。本という本すべてのページがめくれていくみたいだった。そうしてまた、なくした思い出を知る。

ユズは裏庭の木を柘榴だと思い込んでいた。幼い彼は、無花果という果物を知らなかったらしい。だから私は他の子に内緒で、ユズに祖母の作った甘露煮を食べさせてあげることにした。

とろりと光る、瓶詰の無花果を見て、ユズは言った。

「わあ、キラキラしてる。宝石みたい」

その現場に居合わせた祖父は、「柘榴もあるよ」と私たちをアトリエへ手招いた。

そして標本のガーネットを見せてくれたのだ。

私は直感した。地図の宝は、無花果の木を指している。

地図は、祖父が描いたものなのではないか。

8月9日　幽霊になった日、彼に何があったのか

病棟へ上がったとたん、耳元で弱々しい声がした。

「……さん。桃さん……」

ユズだ。とっさに横を向いても誰もいない。けれど声は途絶えない。

「桃さん……桃さん」

私は混乱しながら、とりあえず場を離れた。その間、言葉はついてくる。

「待って……桃さん」

振り向いてみても、誰も居ない。人目のないところへ行こう。病室へ入って、辺りを見回した。

「ユズ、ユズ。居るの？」

「居ます」

萎れるような声が近くで上がる。霊体がそばに居るのだ。

「どこ。見えないよ。なんで見えないの」

「待ってください。少しずつ復活してきてるんです」

するど私の右手にうっすらと重なる白い指先が見えた。霞がかった半透明は、そこからするする輪郭を帯びていく。とうとうユズの全体が露わになった。けれど昨日よりもうんと薄い。

「おお。見えた」

目と目が合った瞬間、ユズは泣きそうに歓喜した。

「よかったあ！　僕、ずっと変なんです」

「完全に目覚める前兆ではないの」

「それとは違うような……どちらかというと、死――」

険しくなる私の表情を察して、ユズは言葉を呑み込んだ。

「本体に何かが起こってるわけじゃないと思うんですけど、幽霊の僕が怖がるとこうなっちゃうみたいで。おかしいんです。一昨日、あの子が来てから」

「あの子？」

ユズは言葉を止めてしまう。私は傷付く予感を受け止めた。

「彼女が来たの？」

ユズは答えず、首を縦にも横にも振らない。自分でも理解ができていないようだった。

「黒髪のおかっぱの、大人しい子？」

「……一昨日、桃さんが帰ったあとにそんな子が来ました。でも、付き合ってないと思う。昨日も僕、その人を見たとたんに消えちゃったんです」

「私、振り返ってみたけど、それらしい人は見なかったよ」

「僕が見たのは休憩所から出ていくところでした。そのまま病室のほうへ向かったのかも」

「昨日病院を離れたがってたのは、その子に会わないようにするため？　ユズが目覚めたことを看護師さんに伝えないほうがいいって言ってたのも、そのことと関係があるの」

「はい。なんとなく、目覚めたことを知られたくない気がして」

「どうして。本当に彼女じゃないの」

「僕、直感は冴えてるほうだと思うんです」

「え、うん」

「しかしこれは、ひどい違和感です」

「そう」

「僕、絶対に二股とかしないと思うんです」

「ええと」

「それにほら僕、奥手なので女性に気安く声をかけられないんですよ。ナンパできる健二さんって心が強いですよね。『キモい。あっち行け』とか言われたら僕、立ち直れません」

「私にはしつこかったよ」

病室の扉が開いた。さっとベッドの下へ潜るユズは、やってきた人物を見るなり悲鳴を上げた。

「ぎいいやぁぁっ」

そして床を這い、隣の病室へすり抜けていってしまう。その尋常じゃない様子を見て呆気に取られた私は、来訪者への挨拶が遅れてしまった。

「……こんにちは」

相手の姿を確認した直後、胸がどくりと音を立てる。ユズの彼女だ、と思った。顎ラインで切りそろえられた黒髪は、想像していた「おかっぱ」とは少し違う。今風のボブカットだ。背が高く細身で、涼し気な切れ長の瞳が印象的だった。ノースリーブのミニワンピースという露出度の高い服装と華やかなメイクは、看護師が言うほど大人しそうに見えない。年齢は二十歳前後だろうか。華やかな大人のメイクを施された顔からは、隠しきれないあどけなさも感じられた。

視線が交わったとき、一度見開かれた彼女の瞳は、それ以降私を見ない。

「誰ですか」

開口一番、相手からの敵意を感じた。私は焦り、一礼し直す。

「私、柚木君の友達で――」

「わざわざ秋田まで来たんですか」

威圧的な姿勢に反して、彼女の瞳は地へ落ちたままだ。こちらの視線を煩わしがるように顔を背けている。

「夏休みで、たまたま祖母の家に来てたんです。あの、柚木君の彼女ですか」

「だったら何」

なんでもない。ちょっと嫌なだけ。臆《おく》する心を押し退けて、私は話を繋げる。あくまでも好意的に、純粋な好奇心を含ませて。昨日、休憩所で出会った女性の、陽だまりのような声や表情を意識して。

「柚木君と一緒に秋田に来たんですか」

けれど彼女には通用しないようで「ちがうけど」と、ぶっきらぼうに返された。

「じゃあ、事故を知って来たんですか」

「どうだっていいでしょ」

きつい反応に気圧《けお》されてしまう。けれど恋人の病室に見知らぬ女が居るなんて、彼女からすればいい気分じゃないだろうこともわかる。

思考と同様に視線を迷わせていれば、壁に浮かぶユズの生首を発見した。

「に、げ、て」と口をぱくぱくさせる彼は、ベッドへ歩み寄る彼女に怯んで再び壁へ潜ってしまう。

するとと霊体の動揺とリンクするように、ユズの心電図が大きく乱れた。ベッドサイドモニターのアラームが、音を上げて異状を知らせる。

「大変……！」

とっさに手にしたナースコールを奪われた。おかしなことに彼女はボタンを押さない。背を丸め、ぐっと耐えるように固まっている。訳がわからず私は声を荒らげた。

「なにしてるのっ」

壁の向こうからユズが呼びかける。

「桃さん、大丈夫です！　目を……目を見なければ！　離れれば治まりそうなので、一旦病院の外に出ます。日が暮れる前に落ち合いましょう。ひぃいいっ……」

そして悲鳴が遠退いていく。

モニターの異変はナースステーションへ伝わる仕組みになっているはず。乱暴に奪い返す必要はないのかもしれない。けれど納得がいかない。彼女の行動は不可解でしかなかった。看護師が駆けつけるまで、病室には重苦しい無が立ち込めていた。

医師と看護師が去ったあとも、ユズの彼女は何も述べない。

得体の知れない違和感が、虫が這うような速度でじわじわと背中を流れていく。漠然とユズを一人にできないと思った。私は一歩、ベッドに詰め寄る。

冷たくそっぽを向く彼女の姿を、私は斜め後ろの位置から見つめている。襟足付近のカットラインに、がたつきがあるのが気になるな。なんてどうでもいいことを考えて気を紛らわせていた。けれど次第に、不可解さと不自然さが強まっていく。

初見から、私は彼女に対しておかしな感覚を抱いていた。敵意ある態度もそうだけれど、凝ったファッションとメイクに対して、切りそろえただけの髪型が浮いているように思えた。彼女自身、その違和感に気付かないタイプでもなさそうなのに。

でも、だからといってなんなんだろう。勇気を出して一言、告げる。

「はやく目覚めるといいですね」

「あなた、ゆず君のなんなわけ」

刺すように鋭い追及だった。

「柚木君とは小さい頃の友達なんです。祖母の家に遊びに来て、たまたま柚木君の事故を知りました。それでお見舞いに来たというわけで……」

無反応の横顔を見つめながら、どんどん言葉が弱まっていく。彼女は自身の鞄から携帯電話を取りだして、つまらなそうに画面へ視線を落とした。自分から質問しておいて、それはないよと言いたくなる。

聞きたいことがあった。ユズの地図について何か知っているか。ユズの周りで金髪のギャルを見たことがないか。ペリドットのネックレスが、どうして線路に落ちていたのか。もしも彼女がネックレスをなくしてしまっていたのなら、今渡してあげたほうが親切だ。けれど、そんな気になれない。頑なな両手がポケットへ向かわない。

長居できる空気ではなかったし、関係も良くなりそうにない。私の精神力もここまでだった。

「じゃあ、私はこれで」

退室を告げる際、彼女の足元に目がいった。ナイキの黒いスニーカーは、ユズとお揃いだった。

休憩所を横切る途中で、後ろから声をかけられた。一昨日会った中年の看護師だ。こんにちは、と頭を下げる私へ、彼女は励ますような笑みを見せた。

「大丈夫ですよ。柚木さん、今は安定してますから」

「はい……あの、病室に居た女の子って、柚木君の彼女ですか」

「ええ。ネックレスを預かっていったときに、そう言ってました」

「そうですか」

無理に微笑む私を気遣うように、看護師は優しく問いかける。

「東京からいらしたんですか」

「いいえ、夏休みでたまたま祖母の家に来てたんです。柚木君は小さい頃によく秋田で一緒に遊んでいました」

「あら、じゃあ柚木さんの彼女とも知り合いじゃないのかな。彼女も柚木さんが秋田に住んでいた頃のご近所さんだったみたいで、志穂《しほ》さんていうみたいです」

「え？」

　昨晩目にした写真を思い起こす。近所の子ならば、もれなく全員写っていた。あの場に居た女の子はひとりだけ。背が高く、髪の長い年下の女の子だ。確かに、すらりとした体型や切れ長の目は、なんとなく似通うものがある。

　しかし「志穂」という名前を思い浮かべても、何も閃かない。一番仲が良かったはずのユズとの記憶さえ曖昧なのだ、女の子に対して思い出せることは、ほとんどなかった。

　ユズが言う「日が暮れる前に」とは果たして何時を指すのか。病院を出て辺りを見回してみても、ユズの姿は見えない。腕時計は午後四時を過ぎたところだ。夏の夕暮れまではもう少し時間がかかる。

　病院の敷地を出て、あてもなく歩いた。道の先でぐらぐらと歪む蜃気楼《しんきろう》に辿り着いてみたかった。あの中で茹で上げられて、とりとめのない感情ごと昇華させてしまいたい。

人通りを避けた道ばかりを選び進んでいくと、地蔵のある路地に出た。地蔵の向かい側には自動販売機と、古びたベンチがある。休みたくて、私は腰をかけた。民家の裏側のようだ。塀の向こうから、甘い煮物の匂いが漂ってくる。

どっと疲労が押し寄せて、早く祖母の家へ帰りたくなった。

息をついて空を見上げる。入道雲は膨らんだ焼きたてパンみたいに呑気な姿で、上空を泳いでいる。

「はあー、ぬぎぃ」

塀の扉をくぐって、おばあさんが出てきた。手にはひとつ、個包装の饅頭《まんじゅう》を持っている。地蔵に供えに来たんだろう、と思いきや、彼女は私の隣にどしりと腰を下ろして、軽い調子で話しかけてきた。

「どっがら来たあ」

「脇本です」

「んだか。おら、ゆうげの支度済んだとごろだあ」

おばあさんはそう言いながら、饅頭の包装をはがして口に放った。噛むというより、すり潰すようにして口元を動かしている。

「今日もぬぎぃーな」

ぬぎぃ、は秋田弁で「暑い」を指す。

「そうですねえ」

「あさげよお、いぶりがっこはやしたんだんだどもおら歯ぁでぇどごろに置ぎっぱでよお、あ、入歯なんだ。んでよお、はめ込んだらじじのだったがら食うめぇがら歯磨きしだ。歯ぁねえんだどもよお」

こてこての秋田弁はいっそフランス語に近い訛りがあって、理解するのに苦労する。祖母でさえ、私と話す際は優しくかみ砕いて言葉を選んでくれるのだ。

「んでよお……だがらよお……」

一向に口を閉ざさないおばあさんは特に相手の理解を必要としていないようで、発砲の遅い機関銃のように、緩やかに、止まることなくしゃべり続けた。だんだんと空の色が変わっていく。私は焦った。しかし彼女は私の合いの手も許さない。

耳元を蚊の鳴き声が通り過ぎた。夕刻の気配が香る頃、おばあさんは気が済んだらしい。

「へばな」

まるで近所の友と別れるように、呆気なく去っていった。

カラスが鳴いて、経ちすぎた時の流れを知る。入道雲は橙色に染まっていた。ユズが私を捜しているかもしれない。

立ち上がったとき、異変を感じた。一瞬、地蔵が動いた気がしたのだ。目を凝らし、注意深く見つめる。地蔵の輪郭がぶれた。

……私、ひどく疲れてるんだ。それか熱中症にでもなってしまったのかもしれない。ほう、と息を吐いて切り替える。一歩踏みしめようとして、戦慄した。

地蔵が目を見開いたのだ。

「行かないでえええええ！」

鬼気迫る叫びが天まで届いたのか、あちこちで鳥たちが一斉に羽ばたく音がした。民家の奥の草むらからは、聞いたことのない獣の鳴き声が轟いている。下界はしばし物々しい雰囲気に染められた。

再びベンチに沈んだ私は気を失いかけている。けれど地蔵の周りを覆うぼんやりとした靄《もや》のようなものが、見慣れた姿を映していることに気付いた。体育座りをするユズが、地蔵に収まるようにして重なっているのだ。

「やめなよお！　罰当たりだよ！」

「ああ……やっと気付いてくれた。僕、ずっとそばに居たんです」

「え、いつから」

「桃さんが病院を出たあたりから」

「また見えなくなってた」

「僕、あの女の子に近付くと心拍数がだだ上がりでこうなっちゃうんです」

「会えて興奮してるんじゃない」

「ばかぁ！　初めてあの子を見たときに胸騒ぎがして、どうも妙な気がするから観察することにしたんですよ。けど駄目です。近付いたら死にそう」

ユズがふるふると大きく首を横に振る。かなり必死な形相だった。私は少し納得がいかない。

「彼女、志穂さん、ていうみたいだよ。ユズのお母さんとも仲がいいって看護師さんが言ってた」

尻すぼみにしゃべる私を、呆然とユズが見つめる。

「しほ？」

ユズが片手で頭を押さえた。彼は記憶を手繰らせようと押し黙るが、何も掴めなかったみたいだ。話を戻した。

「とにかく、違和感がすごいんです。眠る僕に向かってぼそぼそ呟いてました。聞き取ろうとして近付いたときに偶然女の子が顔を上げて、目を見たとたん僕、消えちゃいました」

身をよじるユズの姿は、今も不安定に揺らいでいる。私は危惧した。ユズは以前にも消えかけている。脇本駅のホームで不気味な女に出会ったときも。

ふいに女の姿と、志穂の輪郭が重なった。すらりとした身体の線がよく似ている。二人、背が高いのも印象的だ。

でも、まさか。私は首を横に振る。他は黒髪という共通点しかないし、ホームの女は髪が長かった。顔だってきっと違う。ただ、女は化粧をしていないようだった。化粧をしたら、志穂に近付くだろうか。顔の骨格は似ている気がする。

志穂を見たときの違和感を思い起こす。完璧な化粧と目立つファッションに対して、シンプルに切りそろえられた黒髪がちぐはぐに思えた。ホームの女もそうだった。あるものを着れば済む服とは違って、髪は整える余力がないみたいだった。

ユズはあの日、自分が襲われた記憶と、不気味な女のどちらに反応していたんだろう。そしてなぜこんなにも、志穂を恐れているんだろう。

「ユズ、彼女と、ホームで会った女の人、どっちが怖い？」

「同じくらい怖いです」

「今って、あのときの恐怖と同じ感覚？」

ユズは必死に頷く。

「それってなんでだと思う。同じ人だから、だとか思わない？」

「同じ人……？」

「前にホームで会った女の人、髪を切る前の志穂さんじゃない？」

ユズは瞬きを忘れたまま、返事をしない。

薄闇に外灯が光った。やがて触発されたような明かりが、あちこちの民家に連なっていく。その光を見て、思い出した。

「私、ユズのネックレスを見つけた」

ポケットから取りだしたネックレスを見せる。

驚いたユズは「ありがとうございます！」と軽く跳ねた。

「脇本駅の線路に落ちてたの」

「ありがとうございます！　ありがとうございます！」

馬鹿みたいにお礼を繰り返すユズは心底嬉しそうだった。

「これ、なんだか大切なもののような気がするんです！」

「でも、おかしいよね。ネックレスは彼女が預かっていったって看護師さんは言ってた。なのにどうして線路に落ちてたんだろう」

言いながら、繋がるものがあった。胸にどくどくと荒い波が押し寄せる。

「……駅で会った女の人、線路で何かを捜してたでしょう。あれってもしかして、ユズのネックレスを捜してたのかな。預かっていたけど、なくしちゃったとか」

ユズはまだ、ぴんときていない。それでもじっと私の言葉に耳を傾けている。

「志穂さん、ユズのことを『ゆず君』て呼んでた。ホームの女の人ね、私がユズの名前を呼んだときにすごく反応したの。私が事故について何か知ってると思って焦ったんじゃないかな」

「ゆず君……」

反芻するユズが顔色を変えた。

「志穂さん、ユズが秋田に住んでた頃のご近所さんだったみたいだよ」

このときになると、予感は確信に変わりつつあった。

「私ね昨日、小さい頃にみんなで撮った写真を見つけたの。その中に女の子が一人いた。志穂さんて、公園の近くに住んでた子じゃないかな。ユズに見せようと思って今日持ってきてるの」

鞄から手帳を取りだし、挟んでいた写真を抜き取る。

記憶にかすめるものがあったんだろうか、提示された写真を見て、ユズはひととき、呼吸を止めた。

私は女の子を指さす。

「ほら、この子。林道で行方不明になっちゃった子。あのときユズが見つけたんだよ」

ユズが消えた。彼を形作る色彩が宙に溶けて、辺りには夜の空気しか残らなくなった。

「あ……やだ……ユズ、ユズ！」

「……い……はいっ！」

踏ん張るユズが自力で現れる。

安堵と恐怖に揺さぶられて、私は顔を歪めた。

「やだ、急に消えないで」

「すみません。自分でも抑えが利かないんです」

ユズの瞳の奥に深い恐れが見えた。窮屈そうに身体を強張らせ必死に耐える彼へ、私は手を差し伸べたくなる。どうしようもなく、くるくるの頭を撫でてあげたくなった。でもできないから、どうか言葉で支えられるよう、強く言い切る。

「大丈夫。私が助ける」

瞬間、胸の中にふわっと舞い上がる風を感じた。昔、同じ言葉を言ったことがあったかな。ふつふつと記憶の断片が蘇る。幼いユズは一気に肩の力を抜いて、くしゃくしゃの笑みを向けてくれた。

大人の、それも幽霊になったユズは呆然と、私を見入るだけだった。まるで見えない矢を射られたかのように、停止したままでいる。

耐えきれず、私は俯く。恥ずかしいことを言ってしまった。

ユズはずっと黙っている。なにか言ってよ、と私が視線を上げたとたんに、彼は発光した。すさまじい光に染められて、世界から夜が吹き飛んだ。

あまりの眩しさに仰け反り、後ろへ倒れそうになる私の身体を、光が掴んだ。感触はないけれど、確かに支えられている。不思議な力が働いていた。

私の爪先が地面に落ち着いたとき、ユズの変化も落ち着いた。彼の色味が戻っていく。私の背中を支える姿勢で、ユズは立っていた。

はっきりと覚醒《かくせい》した彼の瞳が、ここではない景色を見つめている。

「今、なにが起きたの」

私の声に反応してやっと、ユズの意識が現実に戻った。

私を見つめたユズが、ひどくせつない顔をする。でも悲しいわけじゃないようだ。泣きそうに笑う彼が放つ溜め息からは、ひたすらな安堵が感じられた。

「思い出しました」

さっきの柔らかな表情はどこへ行ったんだろう。一呼吸おいて話し始めた彼の顔がどんどん険しくなる。

「……僕、夜のホームで志穂に会ったんです。僕は志穂から逃げてきたんです」

ユズが自分の耳元に手を添えた。火傷のような痕がある右耳だ。

「逃げてきたって、どういうこと？」

薄くなったり濃くなったり、安定しない身体のままで、ユズは語った。

去年の春、志穂は東京の専門学校へ入学するために上京してきたらしい。小学四年生の頃に秋田を越して以来、ユズは彼女と一度も会っていなかったという。

志穂の母はかなりの心配性で、娘が県外へ出ることに猛反対していた。けれど、信頼できる知り合いが近くに居るのなら、と渋々折れたみたいだ。ユズと志穂は母親同士が昔からの友人だった。ユズの母親は「娘の様子を見ていてほしい」と志穂の母親から頼まれていたそうだ。志穂は柚木家付近のアパートで一人暮らしを始め、たまにユズの家に招かれるようになった。

ユズの中でも「昔、一緒に遊んだ子」という認識はあったから、初めは友好的に接していた。ユズの両親は、美容師を目指す彼女のため、施術の練習台になったり、東京観光へ連れだしたりと、ややおせっかいな部分もあったけれど、それに対しては志穂も好意的だったと思う、とユズは振り返る。

けれど彼女の好意はいつからか、ユズ一人に偏り始めた。

「とにかく僕のそばに居たがるんです。家にも頻繁に訪ねてくるようになって、僕の部屋に入りたがる。休みの日は外に出ると、まるで待っていたかのように声をかけられる。用事があるから、って言ってもずっとあとをついてくるんです。それに突然、僕と同じ髪色にしたりして、持ち物も真似るようになっていった」

自分へ対する真似や付きまとい行為を、注意をすれば泣いてしまうから、ユズは志穂を避けるようになった。家に上がる彼女と顔を合わさず自室に閉じこもり、帰ってくれるのを待った。

けれど避ければ避けるほど、志穂はユズのあとを追う。学校へ向かう朝、バス停で待っていたり、放課後の校舎前に立っていたり、バイト先のCDショップに長時間滞在されることもあったというのだ。見捨てられたような不安が一層、彼女の行動を急かしたのかもしれない。

夏休み、ユズは秋田への旅行を決めていた。思い至ったきっかけは、七月に私の祖父から届いた手紙だったという。

「先月、いきなりあの宝の地図が入った手紙が届いたんです。そのときの僕は金蔵さんの名前を見てもだれなのかわかりませんでした。小さい頃はずっと『おじいちゃん』って呼んでいたし、名前も知らずに遊びに行っていたから。でも、手紙の住所が昔住んでいた脇本だったことが気になって、差出人の家を訪ねてみようと思ってここに来たんです」

昨晩の予感は当たっていたんだ。しかしここで疑問が浮かぶ。

「おじいちゃん、去年亡くなったんだよ。ユズに手紙は出せないよ。それにどうしておじいちゃんがユズの住所を知ってるの」

「僕、確か脇本を引っ越すときに新しい家の住所を書いたメモを金蔵さんに渡していたんです。亡くなったあとにどうやって手紙が出されたのかはわからないですけど……でも確かに金蔵さんの名前であの地図が届いたんです」

「……帰ったらおじいちゃんに聞いてみよう」

ユズは頷き、私は話の続きを促した。

秋田旅行の予定は志穂に黙っていた。けれど事情を知らないユズの母親が、何の気なしに彼女に話してしまったらしい。

当日の朝、ユズは家を訪ねてきた志穂とリビングで鉢合わせしてしまった。「ヘアセットのモデルをしてほしい」と訴える彼女に「十分だけなら」とユズは折れた。志穂を家に上げた母親は、近隣のスーパーへ買い物に行ってしまったらしく、ユズは彼女と二人きりになった。

熱されたカールアイロンで、志穂はユズの髪を巻いていく。

「ゆず君、秋田に行くの」

「そうだよ」

「私も一緒に行こうかな。実家に帰る」

「一緒には無理だよ。すぐに出るから」

「秋田へ何しに行くの」

「人に会いに行くんだ」

「それってだれ」

「さあ。だれだろう」

そんな会話が続いて、志穂の動きが止まった。

鏡を見たユズは、予想外のくるくる頭に衝撃を受けたけれど、直すのは諦めたそうだ。

「母さんが帰ってきたら練習台になってもらうといいよ」

「まだ行かないで」

「もう出なきゃ新幹線の時間に間に合わない」

「あの女の子に会いに行くの？」

「え？」

ユズの耳に熱いものが触れた。じゅっと焼けたような音が上がると同時に、刺すような熱が耳元に走った。短い悲鳴を上げて立ち上がるユズの顔周りから、焦げ臭い臭いが漂う。

振り向けば、煙の上がるアイロンを剣のように構える志穂の姿があった。睨むようで何も映していない黒い瞳に、ユズは恐怖を覚えた。

志穂を振り切り、鞄を手にして玄関へ駆ける。後方で喚く志穂の声がしたけれど、逃げなければ、と必死だった。そして耳の手当てもままならないまま、ユズは駅へ向かい、新幹線に乗った。


その話を聞いて、ぞっとした。ユズのただれた耳たぶを思い起こして、私は立ちすくむばかりだった。

「脇本に着いたのは十五時前でした。そして手紙の住所の家を訪ねた時に、とうとう金蔵さんのことを思い出しました。でも、おばあさんは留守にしてたみたいで、家にはだれも居なかったんです。とりあえず地図を解こうとしたんですけど、何も掴めないまま暗くなっちゃって。泊まる予定だった叔母の家に向かうため脇本駅に戻ったんです。そしたら」

ユズの身体が歪んだ。

「ホームに志穂が居たんです。大きな荷物を抱えて、僕を待つみたいに」

そのとき、ユズは今までの比ではないくらい彼女へ恐れをなした。志穂の実家は脇本なのに、まるで秋田駅へ向かうユズを待つように佇んでいたのだ。

ユズを見つけて明るく笑う志穂に、ユズは言い放った。

「気持ち悪い。つきまとうな」

ひび割れるような志穂の表情を見ても、ユズの胸は痛まなかった。罪悪感が吹き飛んでしまうほど、自己防衛本能に駆られていた。

「そしたら彼女、ひどく取り乱してすがりついてくるから、逃げようとする僕と取っ組み合いになっちゃって。それを避けようとして一歩下がった先が、ホームを越えてたみたいです」

「それで線路に落ちて意識を失っちゃったの」

「恐らく」

「……ユズと秋田駅に行った日、線路で見た女の人は志穂さんだよね」

「そうですね。僕が線路に落ちた日は長い金髪でしたけど。多分そのあと染めて、染めただけじゃ不安だから髪を切った。彼女、まだボブカットしかできないんです」

だから自分では見えない後ろの毛先に、がたつきがあったのかもしれない。

「どうして髪型を変えたのかな」

ユズは諦めているみたいに、冷静に言う。

「身を隠すためじゃないですか。前の髪型は目立ちすぎる」

「なのにお見舞いに来るなんて変じゃない」

「目覚めないか監視してるのかも」

「でも、目覚めたら全部わかっちゃうよ」

「目覚めさせないつもりかもしれないですね」

ナースコールを離さない頑なな志穂の姿が蘇る。私は身体を震わせた。寒くなんてないのに、胸が冷え切っているのだ。


私とユズの思いが通じているなんて、志穂は夢にも思わないだろう。ユズと志穂の間に起きた出来事は、本来なら私が知る由もない。ユズに語られた真実は、志穂へ突きつける武器になりがたい。かわされてしまえば根拠のない探偵ごっこで終わってしまう。

胸のざわめきがやまない。どろどろと汚れた血液が、内側を嫌に撫で回すようだった。

「ユズは扉の前に居て」

病室の前で、私は言い聞かせる。

でも、と食い下がるユズの身体は、ここへ来てまた透明度を増した。

「消えそうになったらまた遠くまで逃げて。絶対に近付いちゃだめ」

「桃さんも何かあったら誰かに助けを呼んでください」

固く頷いて扉に手をかける。中に彼女が残っているかはわからないし、正直、居なければほっとする。それから慎重に今後の出方を練れたはずだ。

夜の病室は雰囲気を変えた。清潔な匂いの中には、じわり這うような禍々《まがまが》しさが入り交じっている。

ベッドの横に志穂は居た。扉に背を向けて椅子に腰かける彼女は、来訪者に気付いているはずなのに、微動だにしない。

カーテンが開かれたままの窓は夜色に塗られて、室内の光を映している。その中に、志穂と私が居る。志穂はガラスの中の私の姿をまっすぐに捕えていた。この射抜かれるような鋭い眼差しには覚えがある。ホームの女と、同じ目をしていた。

私は一歩ずつ、慎重に進んだ。

「私、忘れてたことがあって」

切りだす私に志穂は一切の反応を示さない。疎ましい存在を近付けないよう身を固めて、きつく唇を閉じていた。けれど彼女は、私のポケットから出てきたものを目にするなり肩を揺らした。

「柚木君のネックレス、見つけたの。返してあげなきゃ」

高鳴る鼓動は果たして自分のものか、志穂の胸から透けて響くものなのか、わからないほど緊張していた。

志穂はよそよそしく吐き捨てる。

「なにそれ。ゆず君のじゃないです」

「ううん。私、わかる。柚木君のだよ。脇本駅の線路に落ちてたの」

「……ちがうってば」

「私たち、前に脇本駅で会った」

志穂の冷たい目が向く。私は素早く唇を動かした。

「線路で必死に何かを捜してる貴方を見た。このネックレスを捜してたの？」

夜の静寂が怖い。整然と秩序の保たれた静けさが、私から生まれるほんの少しの隙さえ見逃さない気がした。

「志穂ちゃんだよね」

名前を呼ばれた彼女は恐らく衝動のまま、椅子から立ち上がった。

小さな地震を感じて、心臓が絞られる。恐怖心が、長身の彼女をさらに大きく見せた。

「私たち、昔一緒に遊んでた。柚木君も一緒に」

慎重に紡ぐ言葉は、手応えなく彼女の耳を通り抜けていった。

抜け落ちた魂のように曖昧な存在感で、志穂は呟く。

「どこまで知ってるの」

夜にくり抜かれたような瞳に見下ろされていた。目を合わせていれば、真っ暗闇に吸い込まれてしまいそうだ。私は負けじと語気を強める。

「私は何も知らない」

するとと強い力に両肩を摑まれた。極端な緊張に縛られた身体が瞬時に立ち向かえない。私は志穂に揺さぶられるまま、上半身を前後させた。

「お願い。言わないで。お願い」

せがむように、志穂が喚く。何かが取り憑いたような、凄まじい剣幕だった。まるで病院中の霊が彼女に力を貸しているみたいだ。

「私、捕まっちゃう」

「なに言ってるの……柚木君が目を覚ましたら、何があったのか全部わかっちゃうよ」

「だめ！　目覚めるなんて、絶対だめ」

病室に駆け込むユズが間を引き裂こうとした。けれど透き通る身体は防壁になれず、みるみる色も薄まっていく。私は声を張り上げた。

「大丈夫だから離れて！」

その発言を、志穂は自分へのものとして受け取った。力の緩む彼女の手から、私は解放される。空気が静まって、ユズは二、三歩、引き下がった。

かすかに上がった嗚咽が病室を湿らせていく。志穂は涙を拭いながら、自ら事の経緯を語り始めた。

「だって……ゆず君、私に笑ってくれなくなった。すごく不安で寂しかった。前みたいに笑ってほしかっただけなのに……仲良くしたいと思うほど悪くなっていくの。どうしたらいいの。すごく、怖かった」

「だから秋田まで追いかけてきたの」

頷く志穂は小さな子供みたいだった。肩を震わせて、ひとりぼっちの寒さを耐えるように泣きじゃくっている。そうだ、昔の志穂もユズについて歩いていた。みんなで一緒に居るときも、他の子とはほとんど話さず、ユズにだけ心を開いているようだった。

「もう私、どうしたらいいかわからないの……ゆず君に目覚めてほしいのに、怖い。起きたら私、絶対に許してもらえない。もっともっと嫌われる」

何も言ってあげられなかった。正直、ひどい憤りを感じている。志穂を許せそうにない。けれど誰かに許されなければ、彼女はどうにも動きだせないのかもしれない。

「線路で捜してたのは、柚木君のネックレス？」

「……私が捜しても見つからなかったのに」

志穂が私の手元に目をやる。彼女の意識は、私の手のうちに握られたペリドットに向けられている。

「それ、ゆず君が『だれかからの贈り物』って言ってた」

ぼんやりと呟く志穂の姿が、すべてを諦めているように見えた。再び彼女の怒りがくすぶってしまう前に、なんとか話をまとめたい。

私は右手を開いて彼女に言い聞かせる。志穂の瞳はユズのペリドットよりも、私の左手中指にはまる指輪を見たようだった。

「どうしてネックレスを持っていったの」

志穂は答えない。

「柚木君が目覚めたら謝ろう。きっとわかってくれるよ」

「いや、さすがに死にかけて許せないですよ」

部屋の隅から口を挟むユズに、私はかまえなかった。

「大丈夫だよ」

そう言い聞かせたとき、志穂にネックレスを奪われた。彼女は素早い動きで距離を取ると、こちらに睨みを利かせた。

「あ、だめだよ。返して」

できるだけ優しく言ってみるけれど、相手の顔には怒りの色が増すだけだ。彼女ははっきりと言い切る。

「こんなネックレス、なくなったままでよかった」

軽い衝撃をくらう。彼女はネックレスを「なくした」のではなく「捨てた」のかもしれない。けれどあれだけ必死になって捜していたのだから、捨てたあとで後悔したはずだ。

「どうしていつも邪魔するの」

何を責められているのかがわからず、返答に困ってしまう。

「子供の頃、ゆず君、いつも貴女のことばかり話してた。大きくなってやっと二人で仲良くできると思ったのに、また出てくるの？　それにその指輪、何。ゆず君の宝石とお揃いなの」

「違うよ。宝石は同じだけど」

「お揃いじゃない」

「それ、地図と一緒に封筒に入って送られてきましたよ」

壁から顔を覗かせて、ユズが新事実を告げてくる。え、そうなの？　と、聞き返したくなった。というか、どうしてそんなに冷静なのだ。

「え、あ、でも違うよ。お揃いじゃない。これ、おじいちゃんがくれたんだから」

「あんたのおじいちゃんも大嫌い！」

乱暴に吐き捨てられた言葉が、痛く私の心を刺した。みるみる込み上げる悲しみに混じって、大きな怒りが迫ってくる。

「おじいちゃんのこと悪く言わないで。ネックレス返してよ」

伸ばした右手を何度も振り払われる。繰り返される攻防戦に互いの熱は増すばかりだった。

「あわわ」と泡を食うユズが駆け寄るから、私は必死に声を張る。

「来ないで！」

ユズはぐっと立ち止まり、触発された志穂が「うるさい！」と吠える。火に油を注いでしまった。

「こんなの……！」

志穂が両手でチェーンを引っ張る。嫌な予感が芽生えたときには遅かった。勢いよくネックレスが引きちぎられてしまう。投げ捨てられたペリドットが反発して、叫ぶように一度、床を跳ねた。転がり、やがて停止した無機質なさまに、私は漠然と「死」を思った。

そのとき、天井の電球が割れた。突如上がった高音が我々の挙動を静める。部屋中の照明という照明すべてが点滅しだした。窓を開けてもいない病室に、強風が吹き荒れる。椅子や棚が大きく上下した。高い悲鳴を上げる志穂は、身を守るようにして床に伏した。

ユズを守らなければ。ぐらつく足取りでベッドに覆いかぶさったとき、異変はぴたりと止んだ。

天井から電球の焼け焦げた臭いが落ちてくる。耳元に伝わるユズの心音を感じながら、私は静かに息を吐いた。


荒れ果てた病室を見て、看護師は仰天した。いったい何があったのか、と追及されても、パニックに陥る志穂はろくな受け答えができず、看護師に介抱される側となった。私は私で「ポルターガイストのようなものが……」と濁すしかできなかったのだけれど、看護師の返答は思いもよらず理解を示していた。

「たまにあるのよね」

あるのか。

やがて目を覚ましたように冷静になった志穂は、壊れたネックレスを私に返す際、「ゆず君に謝る」と言った。そして病室を出たきり戻ってこなかった。

とはいえ現実では、私は部外者だ。あとのことには関われないから、目覚めたユズの意志に委ねるしかない。

幽霊のユズは忽然《こつぜん》と姿を消した。ポルターガイストのやんだ病室に、彼は居なかった。また消えてしまったんだろうか。それとも——。頭に過ぎる考えを、私は何度も振り払う。

病室を去る際、私は自分のネックレスチェーンからローズクォーツのチャームを抜き取り、代わりにユズのペリドットを通した。勝手につけて大丈夫かな、と恐れつつユズの首元に引き輪を繋げる。元のチェーンより短いけれど、入院着からも見える位置でペリドットは輝いた。まるで「何の問題もないよ」と明るく笑っているみたいだった。

無人の脇本駅でも、到着するとほっとする。ここには砂埃に紛れてたくさんの思い出が積もっている。私を安心させる匂いがするのだ。

時刻は午後九時を過ぎていた。祖母はもう眠っている。私も帰って早く寝よう。いろいろなことがあった日は、考えないことも大切だ。

改札をくぐり、待合室を抜ける。外のアスファルトを踏んでも、私の好きな匂いは続いている。大切な風景は、こうして心に寄り添う役割をしてくれる。だから秋田に来ると、私は少し気が大きくなる。ひとり言だって言えるのだ。

「夕ご飯食べてないや」

心地よい風が流れてくる。海が近い脇本は、優しく湿気た空気に満たされていた。

「バリュ、何時までだろう。揚げ物が食べたいな」

「誰と話してるんですか」

ふいに声をかけられて硬直する。

駐輪場で、透き通るユズが自転車にまたがっていた。色味や輪郭は、だいぶ安定している。

「まさか僕以外の幽霊とパートナーシップ結びました？　見えないですけど、どこに居るんですか。乗り換えるなんてやめてください」

「あれ……ユズ、てっきりまた消えたのかと……というか身体に戻ったのかと思った」

言いながら泣きそうになった。目覚めてほしいと願いながら、こんな気持ちになるなんて、矛盾してる。

構わずユズは明るい。

「戻りませんよ。宝も見つけてないのに」

一斉に心へ灯る明かりが、顔にまで漏れてしまった。恥ずかしがらずに私は笑った。

気持ちを隠すのは、勿体《もったい》ないと思ってしまった。

ユズが荷台へ身体を移動させる。私はサドルにまたがって、背中を向けたまま尋ねた。

「今までどこに居たの。私、また見えてなかったのかな」

「多分、身体に戻ったんでしょうけど——幽霊だった自分の記憶をかすめた瞬間がありまして、意識の中ですごく反抗してたら弾きだされてまた脇本に戻りました」

「何してるの」

「だって」

ユズはしゅんと口をつぐんだ。何を寂しがっているのか、心当たりはあったけれど、気にしない素振りで私はペダルを踏み込む。

「病室めちゃくちゃにしたの、ユズなの？」

「自覚がないんですけど、多分。なんとかしなきゃって必死でした」

「すごいね。本当に空も飛べるんじゃない」

「試してみましょう」

「そうだ、ユズね、昨日が誕生日だったんだよ。知ってた？」

「知ってます。二十歳になりました」

「そう」

私は驚かない。もう気付いていていた。

「全部、思い出したんだ」

「全部、思い出しました」

「ユズ、お誕生日おめでとう」

ぽつぽつと灯る頼りない民家の明かりを追い抜いて、車輪は進む。右のガードレールの向こうには、入り乱れた草木が鬱蒼と茂っている。黒い木の葉のざわめく声は、夜のさざ波と同様、私の恐怖心をつついてくる。けれど荷台に霊を乗せているのだから、何を今さらというような話だった。

「ちょっと怖いねえ」

私はあえて、思いついただけの言葉を述べた。

「幽霊って大きい音を出すと、びっくりして逃げるそうですよ」

風圧に邪魔されて、自然と声量が上がる。伝え合おうとする互いの思いが嬉しかった。

「へええ。わあああああ！」

「ははっ。わああああ！」

「わあああああっ！」

「ぎゃあああああっ！　はははははっ」

翌日、「奇声を上げ自転車で暴走する女が出没。戸締まりは厳重に」と、町の一部でちょっとした騒ぎになった。

8月14日　花火の夜、私は幽霊と恋をする

今夜、海岸からは男鹿日本海花火が見える。水平線の向こうに上がる花火は小さなものだけれど、周辺の住人が集まる浜辺には、ちょっとした祭りのような雰囲気が醸しだされる。

何日も前から「絶対に二人で見ましょうね」と訴えるユズに対して、予感があった。今日が最後だ。今日、すべての不思議が終わる。

病院から戻って数日は、ただ淡々と日常を過ごした。朝起きて、縁側のユズに「おはよう」を言う。朝食が済んだらアトリエへ降りるなり、ユズを交えて祖父と会話をするなり、祖母とテレビを見るなりして、気の向くまま時間を過ごす。

健二は決まって朝か昼、食事の時間を狙ってやって来た。胃袋を満たした彼に連れられて、少し遠くの海へ泳ぎに行ったり、観光地へ出掛けたりもした。魔除けのブレスレットは常に健二の腕で黒々と光っていた。

陽が傾く前に夕食をとって、お風呂に入ったら、祖母は早々に眠る。やはり下着姿

だ。

ユズは五日の間に二度、夜の幽霊集会に出向いたけれど、私が布団に入るよりももっと早い時間に帰ってきた。そして縁側に腰かけ蚊取り線香を焚《た》いて、私たちはおしゃべりをする。布団に入ってうとうとしていると、縁側で祖父と語り合うユズの話し声が聞こえてくる。私はその声を聞きながら、安心して眠りについた。

そういえば昨日、買い物帰りにババヘラアイスを食べた。アイスを売るおばあさんは昔に比べて、身をきゅっと圧縮されたように小さくなって見えた。おっとりとした眼差しで黙々とアイスを盛る姿を眺めながら、私は、こうして人はだんだんと世界に溶けていくのかな、なんて思った。それはせつないけれど、なぜか悲しくはなくて、不思議と温かいことのような気がする。そうユズに話してみたら「おばあさんの死期が近いみたいに言いますね」と明るく指摘されたので、反省した。

私も、すべての記憶を取り戻したユズも、地図が示す暗号の意味を理解していたけれど、後回しにしていた。けれど今日こそ掘り起こさなきゃいけない。

裏庭の無花果の木は、三メートル近く伸びている。寒冷地で育てるには向かないと言われるらしいけれど、伸び放題の枝から広がる緑の勢力はすさまじいものだった。祖母は実を収穫するが、剪定《せんてい》はしない。もらえるものだけもらって、あとは放ったらかしだ。それでも無花果も、庭の向日葵も、毎年当たり前のように実をつけ、花を咲かせている。

「さあ桃さん、頑張って」

スコップを握る私の横でユズは応援以外、何もしない。木の葉の陰に染められて、いつも以上に存在感が薄まっている。

木の根元にしゃがみ込み、手あたり次第に土を掘り進めていく。

地図に記された宝の在り処『ザクロの木の下』は無花果の木を指している。四マスの解答欄は謎のままだけれど、先に宝に辿り着けたので良しとした。

「おじいさんも応援してますよ」

私の空いた右隣にユズが目くばせをする。まさか二人とも、幽霊の姿で再会するなんて思わなかっただろうな。

「おじいちゃんは全然ユズに気付かなかったの」

「僕が引っ越して以来、一度も会ってないですしねえ。それに僕、たくましくなっちゃったもんだから——え？　こんな不良みたいな見た目になってショック？　残念？　心が痛い？　あの頃の可愛さを返せ？　そこまで言います？」

「自分が贈ったペリドットを見てもわからなかったんだね」

「そうですよ、ネックレスを見て『これは上質なペリドットだ』なんて言うんですから。え？　自分も思い出せなかったくせに？　金蔵さん、わりとちくちく刺してくるタイプですね」

「それにしても、手紙はどうやってユズに届いたんだろうね」

「ねえ」とユズが首を傾げるそばで、きっと祖父も首をひねっている。

裏庭の土は少しひんやりしている。気持ちいいけれど虫が出たら嫌だし、なるべく服も汚したくない。

「ユズ、おじいちゃんにどこに埋めたのか聞いてよ」

「だめですよ。宝探しの醍醐《だいご》味《み》がなくなるじゃないですか」

「ユズの宝探しなのに私が探してるじゃん」

「それは僕たち、パートナーじゃないですか――あ」

「あ」

ユズが消えた。

病院から戻って以来、ユズは定期的に姿をくらます。風が吹いたとたん、空気がすうっと移動するように、自然と居なくなる。初めこそ焦ったけれど、気付けば隣に現れる彼に対して、以前のような危うさは感じない。どうやら意識が病室の身体に強制送還されるらしいのだけど、力を振り絞って外側へ飛びだすらしい。そして帰りは一瞬だ。脇本駅じゃなく、この家に戻ってこられるようになった。なんだか幽霊力が増していくるような気がする。そんなことして大丈夫なのか、と恐怖する私に、ユズは「コツを摑みました」と自慢げに口角を上げるばかりだった。

「おじいさん、居間に行きました」

ほらまた戻ってきた。

「そう。病室はどんな感じ」

「母と叔母が居て、二人でプリンを食べてました」

「そろそろ目覚めて安心させてあげなきゃね」

「ですね」

数日前、病室には泣きながらユズの母へ謝罪する志穂と、その母親の姿があったという。ユズは多くを語らなかったけれど「危険なことはもう起きない」と、はっきり述べた。

土に交じる小石がスコップの剣先に反発する。かちこち音を鳴らしながら、掘っては位置を変えていった。

正午のサイレンが鳴ったとき、客間の網戸から祖母が顔を出した。

「飯だど。何してる」

「宝探し。おじいちゃんが隠したの。おばあちゃん知らない？」

「じいの宝は石ころ並んだ額だ。そうめん茹でだ。まず上がって食え」

「今行く――ん？」

硬い音を立てた地面の奥で、今までとは違う感触がぶつかる。慎重に土を払っていけば、透明のビニールに覆われた缶ケースが見えてきた。文庫本ほどの大きさだ。

「あれ、これかな」

両手で抜き取ると、祖母が悲鳴を上げた。

「あえっ！　じいの奴、庭さゴミ埋めでらっ。汚ねっ。触るなって！」

「宝だよ。うえ、鍵がついてる」

蓋の開閉部分に取り付けられた南京錠《ナンキンじょう》は、四桁のダイヤルを正しい位置に合わせなければ開かない仕組みになっている。

「おら先に食ってるがらな」

祖母が居間に捌《は》けたあとで、ユズが述べる。

「まさか四マスの解答欄って、ダイヤル番号でしょうか」

「そうかも。ショートカットはできなかったね」

私は一息ついて、地図を広げる。

逆さ十字の地図が示す『①バラの女神』『②ほたる』『③ぶどう』『④海□月』の場所は把握できてる。そして暗号には石の名前が関連していると見て間違いないだろう。

暗号に振られた数字は①から④。解答欄のマスも四つであることから関係はあるんだろうけれど、答えをどう導きだすのかわからない。居間からは「そうめん伸びる！」と祖母が声を上げているし、消えては戻るユズがいつまで持つかも不安だ。

「ヒントをくれないとわからないよ」

「だそうです」

振り返るユズが網戸を直視した。再び祖父が来たらしい。

頷くユズが姿勢を戻す。

「ヒントは、さっきのおばあさんの言葉にあるそうです」

「そうめん伸びる」

「その前、って言ってます」

「汚い、触るな、って言ってたよ」

うーん、と再び客間を見るユズが唇を尖らせた。

「戻っちゃいました」

「はあ。そうめん食べよ」

「一休みしましょう」

「ユズはずっと休んでるじゃん」

「すみません」

へへっと笑うユズはお気楽だ。

「中身なんだった。破廉恥《はれんち》なビデオか」

居間で寝そべる祖母が尋ねた。そうめんをすする私の横で、ユズは祖父と話している。

「鍵がかかって開かないの。ダイヤルを揃えないといけないみたい」

「見られたくねえもんが入ってんだ。あのエロじじい」

「おじいさんが『違う！』って怒ってます」

ユズが口を挟んだ。私はそれとなくフォローする。

「おじいちゃんのことだから、すごい宝石が入ってるのかも」

「だっだら地下に置くべ。じいは大切なもん額に入れるがら。昔、中敷きの下にヘソクリ隠してやがった。まだ隠してるかもしれねえし見てみっか」

――ヒントは祖母の言葉にある。

急に、予感が募った。

食後、アトリエへ降りて石標本に手をかけた。ガラスの天板を上開きにして、祖父の宝へ直接触れる。

薄板を組み合わせて小さく仕切られた正方形のマスには、定番から希少石まで、様々な鉱物が並んでいる。中には地図を読み解く鍵となったローズクォーツ、フローライト、アクアマリン、ムーンストーン、ガーネットもあった。

「ヘソクリ探すんですか」

ユズは辺りを見回して、祖父の気配を気にしながら声を潜めた。

「地図と関係ないかなあって」

適当な枠へ指先を入れる。中敷きは、ひとつずつ取り外しができるようになっていた。

縦横十列あるマスの中、色や種類別に分けられたわけでもない石たちに、規則性は見当たらない。

宝の在り処『ザクロ』を意味していたガーネットへ手を伸ばす。上段、右から二番目だ。原石を取り出して、黒いベロアの中敷きを抜けば、一部分を切り取られたようにして無垢《むく》の木材が顔を出す。手掛かりも、ヘソクリもなさそうだ。

「金蔵さん来る気配なさそうですし、さっさと見つけましょ。ほら、その黄色い石の下とか怪しいですよ」

悪い笑みで急かすユズは、ヘソクリを探す気でいる。彼が指さす石を追い越して、私はローズクォーツを摘まみ上げた。『①バラの女神』はローズクォーツを表しているはず。標本に飾られているのは、オーバルカボションの表面に星のような線が浮かぶ「スターローズクォーツ」だ。石を取って、中敷きをめくる。期待はしていなかった。けれど。

「あ」

底に白いシールが貼られている。ペン字で「7」と記されていた。

続いて『②ほたる』を意味するフローライトを探った。またあった。同じシールに

今度は「8」の数字が。

「桃さん、これ、もしかして」

「もしかするかも」

『③ぶどう』の、アメシストの下にも番号を見つけた。「9」だ。

残るは『④海□月』のみ。海と月を合わせて「クラゲ」と読むとしたら、行き着く

のはやはりムーンストーンだろうか。

謎が解けていく高揚感は、一枚の黒をめくった先で取り上げられてしまった。底に

はガーネットと同様、木目が見えるだけだ。ではふたつ隣の、海を意味するアクアマ

リンなのかと思うも、またはずれた。

『海□月』の場所が海だと前提にして、関連しそうな石を探す。南国の波模様を描い

たようなラリマーと、海の産物、桃色珊瑚《さんご》。シーブルーカルセドニーの予感もあった

し、ターコイズなんかもありえそうだ。

「もう全部開けてみたらいいのかも」

「ダミーの数字も入ってるそうです。闇雲に開けると罠《わな》にかかります」

耳打ちをするユズが、おかしいくらいに姿勢を正した。

「おじいちゃん居るの」

「先ほどいらっしゃいました」

「なんで急にしゃきっとしてるの」

「僕はいつもこうですよ」

ヘソクリを探そうとしたことを知られたくないのだ。泳ぐユズの瞳が、一点で止まった。ムーンストーンとアクアマリンの隣同士に挟まれた、セピア色の宝石を見ている。

「懐かしさを感じる色ですね」

「シトリンていうの。上質なものはオレンジ味の強い透き通った黄色で、蜂蜜みたいな色をしてるんだけど、おじいちゃんのは淡いね」

「過ぎ去った遠い夏、って感じがします」

「うん。思い出が溶け込んでるみたいだね」

宝石を語ると、人はどこか詩的になる。美しいものは、美しいことを連鎖させるみたいだ。

「海とクラゲに挟まれた夏の思い出……あ。ああっ。桃さん、地図の『海□月』の四角ってただ単に……」

「あ！　間のマス？」

ユズの読みどおりだった。シトリンの中敷きをめくると、数字が顔を出した。

「1だ」

二人、声を揃えて顔を見合わせた。しかし無邪気に見つめ合う時間は長く続かず、どちらからともなく目を伏せてしまう。

熱の滲む頬を両手で隠して「暑いね」なんて、どうでもいいことを口にしてしまった。「ですね」と応じるユズに、この世界の気温は影響しないのに。

「……桃さん、実はこの地図、僕が金蔵さんと作ったんです」

唐突な告白に耳を疑った。私はつい高い声を出してしまう。

「どういうこと」

「小さい頃、僕が金蔵さんにお願いして一緒に考えてもらいました」

「お願いして、ってなんのために」

「桃さんを喜ばせたくて。地図は僕のじゃなくて、桃さんのものだったんです」

きっとユズの瞳は、私を通り越した先の遥か遠い場所を辿っている。澄んだ瞳は数多の光を宿して輝いていた。ひとつの過去に触れた彼から、思い出の開花が連鎖していく。

「桃さんとの思い出の場所を地図にしました」

「あれ、待ってよ。ユズ、自分で考えた地図なのに解き方がわからなかったの」

「さすがに……もう十年くらい前のことですからねえ。届いた地図を見たときも、自分が作ったことは覚えてなかったし。今朝、金蔵さんに言われてやっと思い出したんです」

「それって記憶喪失は関係なく？」

「単純に忘れていました」

責めるつもりなんてないのに、ユズは反省するようにうなだれた。

「桃さんのこと、ずっと忘れていてごめんなさい」

「それは私だって……お互い十年も経てばね」

大人になった私たちは、互いの存在をほぼ忘れていた。地図がきっかけとなって、記憶が掘り起こされたようなものだ。この夏がなければ、思い出は永遠に眠ったままだったのかもしれない。

「僕、地図を作ったあと、夏になる前に引っ越すことになっちゃったんです」

恐らくその年に、ほかの子たちとも遊ばなくなった。きっと人懐こいユズの明るさに、みんなが集まってきていたのだと思う。

ユズは私に地図を渡せず、私の祖父に預けたままだったという。いつか自分で地図を渡したいから、それまで持っていてほしいとお願いしたそうだ。

祖父は忘れないよう、ユズの名前と新しい住所を書いた封筒に地図を入れ、引き出しの奥に保管していた。ペリドットのネックレスは宝のお裾分けのつもりで同封したものらしい。それから何年も、地図は引き出しの中で眠ったままだった。祖父は生前、ポストに入れた覚えはないらしい。

「そっか。『さがしてね』は、ユズの字だったんだ」

ユズは、はにかむ。

「そういうことです」


裏庭へ戻ったのは、昼過ぎの一番暑い時間帯だった。影を落とす位置を変えた木の葉が、周辺を薄暗く包んでいる。まるで痛い日差しから仲間の緑を守っているみたいだ。付近で上がる蟬の声が、私の鼓膜を痛く痺れさせた。

とうとう宝と対面する時が来た。私は心して、南京錠に手をかける。回すのは横並びのダイヤルの、千の位からだ。

「地図の①はローズクォーツだったね」

「で、ローズクォーツの中敷きの下には、7の数字がありました」

ダイヤルは硬い。一応、劣化には配慮して埋められていたけれど、錆《さ》びる前に見つけられてよかった。

「②はフローライトで、数字は8です」

「うん」

「次は③のアメシスト。9です」

「最後はシトリンの1だね」

言いながら、動作に移せない。頑なな指先が動かなかった。

「錆びてるかも」

だなんて嘘をユズはまんまと信じるから、やり切れない。

「いっそペンチで無理やりこじ開けます?」

最初からそうすることだってできた。でも、私は時間を稼ぎたかったのだ。

「大丈夫。回せそう」

塀の向こうから、子供のはしゃぎ声がした。幾つかの足音が海の方向へ遠ざかっていく。

「昔、いっぱい遊んだね」

「僕、夏休みが待ち遠しかったです」

「飼ってた秋田犬は今も元気にしてるの」

「もうおじいちゃんだけど、元気です。一緒に散歩しましたね」

「した。引きずられて海に転んだ」

「庭の畑に落とし穴作ったの、覚えてますか」

「うん。おばあちゃんの右足が見事にはまった」

「僕と結婚するって約束したのは覚えてますか」

「それは多分、言ってすらいないと思う」

「忘れてるだけかも」

「ううん。……うん、でも、そっか。私も記憶喪失だったみたい」

それでも思い出に支えられて生きてきた。その中にずっとユズは居た。目を覚ましたユズが私のことを忘れてしまっていても、ユズの心の奥底に私は居る。

最後のダイヤルを回す。小さな手応えと同時に錠《じょう》が解けた。蓋を開けると、中からは黒いベロア素材の巾着が出てきた。

手の平に中身をあける。ごろん、と、ひとつ冷たい感触が落ちてきた。視線を傾けた先で目が眩んだ。大きな光の粒が手の内で輝いている。

ペリドットだ。濃く澄んだ鮮やかな緑色は、辞典で見たペリドットにも劣らない、上質なものだった。目が冴えるほどの色彩を見つめたとたん、身体中に緑の息吹が駆け巡っていく。まるで地上じゅうすべての自然を宿した、生命力のかたまりみたいだ。

「すごい……」

息を呑む私の横で、ユズが万歳をする。

「お宝だ！　見つけましたよ、金蔵さん！」

「おじいちゃん、これ……」

ぎゅっと握り締めて、付近を見回す。ユズの様子からして、祖父が近くに居るのだ。

晴れ晴れとした声色で、ユズが告げる。

「おじいさんの秘蔵コレクションです」

「こんなにすごいもの、私がもらっていいの？　これ、五百円玉くらいあるよ。こんなに純粋な緑色、すごく高いんじゃないの」

慎重に述べながら、私はひどく興奮していた。

ペリドット自体は元々珍しいものではなく、安価に手に入る部類の宝石だ。しかしカラット数が高く、黄みや茶色がかっていない緑色のものほど価値が上がると言われている。今、私の手の中にあるのは、まさしくそんなペリドットだった。

「そこは桃さん。子供の頃の僕が泣き落としたようです」

ユズは平然と述べる。

「確か小さい頃の桃さん、辞典のペリドットのページばかりずうっと見てたでしょう。だから僕、宝をペリドットにしたんだと思います。金蔵さん、もっとすごいものを持ってるからいい、って言ってます」

「そっちも欲しいや」

「駄目って言ってます」

私は笑って、噛みしめるように言った。

「……ありがとう。すごく嬉しい」

緩んだ表情が自然と元に戻っていく。最後は悲しみだけが置き去りにされていくようで、私は無理やり、新しい笑顔を上乗せさせた。

夕暮れまで、ユズを交えて祖父とおしゃべりをした。いくら日に焼けても良かったし、蚊に刺されたって気にしなかった。だんだんと衰えていく蟬の鳴き声に比例して、私の胸も小さく絞られていく。茜色に染まる空を見上げて、涙が落ちそうになった。

私は今、祖父との「さよなら」を作っている。

それでも祖母が生きる限り、祖父はここに居る。夏が訪れるたび、私たちは会えるのだ。目に見えて、触れられて、聞き取れてこそ、わかることがある。けれど心にしか感じ取れないものも、世界には溢れている。だから、前よりは寂しくない。

この夏に何度、奇跡が起きるんだろう。しあわせも悲しみも、同じくらい胸をしめつけてくる。そうして優しい傷や、せつない痛みを心に刻んで、思い出を残していくんだろう。

私は呟いた。

「見えなくても一緒だよ」

しあわせは、記憶の中で会える。


花火を望める海岸沿いには、すでに近隣住民が集まっていた。

ユズとの会話を考慮して、私達は林道近くの海岸へ向かった。民家の少ないこの辺は、予想どおり人気《ひとけ》がない。砂浜にシートを敷いて、花火が上がるのを待った。相変わらず夜の海は鬱々としているけれど、ユズが隣に居ると怖くない。

「幽霊友達は居ないよね」

「この時間帯は皆さん家族と一緒ですよ」

「じゃあ怖い幽霊は——やっぱりいいや」

「大丈夫ですよ。彼らは自分のことにいっぱいで、ほとんど人に興味を示さないから」

「そうなの」

「祟《たた》りとかいうのって大抵は、人間が死者を踏みにじった罰なんじゃないですか。面白半分で心霊スポットに出かけたりして、幽霊だって傷つきますよ」

「それもそうだね」

「けど、必要以上に憐れむのも良くないですね。救ってくれるかもって期待されたら厄介ですから。気付いてもらうためにに付きまとわれちゃうかも」

知ってる。お手本みたいな存在が隣に居るもの。

「でも不思議なんです。地縛霊って割とそこら辺に居るんですけど、霊のほうが桃さんを避けるんです。お守りとか持ってますか」

「そう呼ばれるものは、ある」

今日もペリドットの指輪、ムーンストーンのピアスをつけてきた。ユズと過ごす一瞬一瞬を、大切な宝石と共に過ごしたかった。透明な思い出が、すうっと石に染み込んでくれればいいと思った。

「隣の幽霊には効かないけど」

「はい。むしろ惹きつけてます。キラキラしたものは人を惹きつけますね」

「じゃあ、ユズもだね。ユズもキラキラしてる」

首を傾げるユズがぽけっとした顔で笑った。私の言葉が理解できないとき、ユズはこうして説明を待つ。

「ユズはペリドットに似てる。素直で明るくて、楽観的なの。でも本当はすごく落ち着いていて、芯の通った優しさを持ってる。ユズと一緒に居ると私、明るい気持ちになる」

宝のお裾分けや、誕生石というの意味もあったのだろうけれど、祖父はきっと、ユズに一番似合う宝石を贈ったのだと思う。

「そうですかあ」

ユズは照れたように俯いて、痒くもないだろう鼻を搔いた。

「ひょっとしたら、私にだけユズが見えるのはペリドットの悪戯だったりして。ペリドットには『和合』っていう石言葉もあるの」

「わごう？」

「親しみ合って、仲よくすること。同じ宝石を持つ私たちに、ペリドットの不思議な力が働いた、とか」

後半、言葉が萎んだ。石の力なんて信じていなかったのに、恥ずかしくなってしまう。

「ありえますすね」

ユズが明るく返すから、私は嬉しくなって唇の両端を上げた。

「でもユズは、どうして幽体離脱しちゃったんだろうね」

「僕、死にかけたときに桃さんの声が聞こえました」

「え？」

「桃さんの『私が助ける』って声が」

訳がわからず、私は瞬きを重ねた。

「でも、幽霊になる前のユズは、私のことをずっと忘れてたんでしょう？」

ユズが申し訳なさそうに眉を垂らす。

「はい。桃さんの声であることも、そのときはわかりませんでした。ただ聞こえた瞬間、心が一気に子供時代に戻りました。その中で僕に手を伸ばす優しい影が見えた。僕、漠然と、助けに来てくれる子がいるから大丈夫。それまでは耐えなきゃ、って踏ん張れたんです」

「そうしたら幽霊になってたの」

ユズが目尻を下げる。

「それにですよ。もしかしたら地面に埋まったままのペリドットが自分を見つけてほしくて、力を貸してくれたのかもしれません」

ユズが発光した。また消えてしまうのかと思いきや、彼は屈託のない笑顔を浮かべたまま、しっかりと存在している。

私は頷く。

「そっか――そうなのかもしれないね」

ほんの少しの沈黙も惜しむように、私たちは唇を動かした。空いた隙間を埋めるように、言葉を繋げ続けた。

「そういえば、志穂さんがユズに言った『あの女の子に会いに行くの？』って、多分、私のことだよね？」

　何の気なしに聞く振りをしたけれど、ずっと気にかかっていたことだ。

「あー」とユズが宙を見上げる。

「僕も言われたときはぴんと来なかったんですけど、きっと桃さんに会いに行くんだと思ったんでしょうね。小さい頃の僕、桃さんにべったりだったから」

　私は思わず「おお」と、おかしな反応をして顔を伏せた。嬉しいようで気恥ずかしかった。

「そうか、私が原因でユズの耳たぶが焼けたのか」

　ユズは反射的に耳元をさすった。

「僕にそこまで執着する要素ないのになあ。志穂、ちゃんと友達も居たし、わりとモテてるみたいでしたよ」

「でも、彼女にとってはユズが一番だったんだよ。林道でユズが見つけてくれたときはユズがヒーローに見えたと思う。多分さ、そんな綺麗な思い出が、ずっと心にあったんだよ」

「僕のヒーローは桃さんです」

「私、なにかした？」

「昔、海で溺れて桃さんに救われました」

「助けてないよ。一緒に溺れたよ。健二が引き上げてくれた」

「あれ、そうだったかな。でもあのとき、桃さんが真っ先に海に飛び込んできてくれましたよね。『私が助ける！』って言って」

「あ、さっきの言葉」

そして自分自身、記憶にあるような懐かしい響きだった。

ユズが自身の膝を抱く。どこか頼りない佇まいに、昔の面影が重なった。

「僕、昔すごく泣き虫だったんです」

「そうだったかも」

「でも僕が泣いたり不安になったりするたびに、桃さんはそうやっていつもそばで励ましてくれた気がします。だから僕、桃さんのことが大好きだったんです」

胸にぽうっと温かい色が落ちていく。幽霊のユズと初めて会った日と同じ。けれど私はもっと昔から、この感覚を知っている。子供時代の夏、きっと心に同じ色を見ていた。

冷えた潮風に身体がほぐれていく。隣のユズは元から涼しい顔をしている。今、感覚の共有はできないけれど、心は通じ合えている。きっとそれが誰かと触れ合うための、何よりも大切な要素なんだと思う。

「ユズ、あのとき、海で確か捜し物をしてたんだよね。なにを捜してたんだっけ」

「若い頃に僕の父からもらったらしいんですけど、海で落としちゃったみたいで」

「指輪？」

「母の指輪です」

「それって、アクアマリンだった？」

「あ、そうです」

「その後、洗濯物のポケットの中から見つかった？」

「よく覚えてましたね」

私は脱力しながら笑った。

「ううん、最近知ったの」

ユズがまた、不思議そうに首を傾げる。私は緩んだ頬のまま「そっかあ」と呟いた。

「――ユズは最初、自分が生きてるって確信はなかったんだよね。なのにどうしてあんなに落ち着いてたの」

それは未だに残る疑問だった。

ユズは淡々と答える。

「暗闇の中で闇を見てても仕方ないなって」

「それだけ？」

「自分の心が明るければ、とりあえず光は灯るじゃないですか。暗く考えても明るく考えていても、同じように時間は過ぎていくし、だったら気持ちいいほうを選びます」

「本当に暗闇を照らしちゃったんだ。本当にペリドットだ」

二人、水平線を眺める。しんみりとした潮の匂いが、太陽に置き去りにされてしまった海の寂しさを代弁するようだった。ほんのり白い満月は、まるで心に空いた穴のように頼りなく浮かんで見える。

やがて突き抜けるような高音が天へ遠ざかる。和太鼓をひとつ叩いたような短い音が響いて、遠くの空に花火が咲いた。もう、なにひとつ忘れたくない。景色や空気や思い、今を形作るすべてを。私は瞬きをこらえて、世界に溢れる色彩を瞳へ取り込んだ。

火花は瞬く間に朽ちていく。まるで魔法が解けるように、すっかり消えてしまう。

海の向こうを眺めるユズが、寂しそうに呟いた。

「身体に戻りたくないな」

「何言ってるの。だめだよ」

「だって」

言葉を濁す彼の気持ちを、私は読み取っていた。

「僕、目覚めたときに、本当に桃さんのことを覚えてましたか」

やはり気付かれていたんだ。

向けられた瞳に視線を合わせせられず、返事もできない。嘘をつくにしても真相を打ち明けるにしても、心は砕けてしまいそうだった。

忘れてしまうのと、忘れられてしまうのは、どちらが悲しいことなんだろう。

だけど夜風が私の髪を揺らしても、ユズの髪は揺らさない。どこからか漂う花火の残り香に、ユズは気付けない。息が詰まりそうな熱帯夜に無視されて、彼の素肌に止まる虫さえいない。

「私、ユズに起きてほしい」

顔を見合わせたユズが、はっとした表情を見せる。彼に目元を拭われて、私は初めて自分が泣いていることに気付いた。涙は雫を保ったまま、半透明の指先を通り抜けて、私の膝へ落ちた。

「私ね、気付いたの」

きっと拭ってもきりがない。頬を伝う涙をそのままにして、私は告げる。

「思い出はそこかしこに散らばっていて、ふとした瞬間蘇るの。夕暮れの公園とか、しなびた花火の匂い、乾いたアスファルトに響く足音とか、世界の音や色、匂いや空気の中にずっと潜んでる。亡くなった人や居なくなった人たちも、ずっとそこに残ってる。だから私たちもなくならない。忘れたつもりになっても、なくならないの。絶対に」

左手にユズの右手が重なった。息を吐くように小さな声で、ユズは言う。

「僕、今夜が最後です」

心がひんやりとした。冷たい氷が喉まで這ってくる。

「というか、戻りそうになるのを必死に抑えている状態です。多分、そろそろもたない」

そわそわと落ち着きのないユズは、自信の無さを隠すように笑った。

「それにほら、逆算しないと……早めに目覚めて、僕は絶対この夏の桃さんを覚えていて、夏休み中にまた桃さんに会いに行くんです。東京から埼玉なんて近いもんですよ」

「そうだね」

滲む瞳の際に、消えかけのユズが映った。

「だめ！」

突発的な本能が彼にすがりついた。ユズを通り抜けた私の両手は、固いシートに受け止められる。

「あ、違う、だめじゃない」

涙の落ちるシートが次々と、雨に似た音を刻んでいく。私が泣く限りユズは隣に留まろうとするだろう。けれど絶対に別れは来る。ずっと先延ばしにしていたら、取り返しがつかなくなるかもしれない。

強く瞼を絞って、私は言い切る。

「ごめんね。大丈夫」

瞳を開けば正面にユズの顔があるから驚いた。顔を上げたら、唇と唇が触れてしまいそうな距離だ。私は固まり、ユズを凝視した。

ユズは笑い、少しだけ顔を引いた。きっと私の顔をよく見られるように。

「桃さん。桃さんは僕の初恋です」

涙がユズを隠してしまう。私は目元を拭って、何度もユズを瞳に宿し直した。

「……で、最後の恋にもしたいんですけど」

力なく、私は笑う。きっとユズはそれを了承の合図と受け取った。

「左手の甲、上げてください」

意図もわからず私は従う。すると指先にキスが落とされた。ペリドットに唇をあてがうユズは顔を上げると、恥ずかしそうに背を丸めた。

「すごくないですか。幽霊パワーを注入した宝石。最強のパワーストーンになりますよ」

「それじゃあ呪いの宝石だよ」

言いながら、涙と一緒に笑いが零れた。

ユズが薄れていく。本当に消えてしまうのだと思った。私はペリドットを胸に当てて、大切に言葉を繋ぐ。

「私……私もね、ユズが好きだよ」

ユズが私を抱きしめた。

私は目を閉じて、ユズの胸に顔をうずめる。そこにあるはずの温もりを想像しながら、彼の背に両腕を回した。

「私、ユズとまた一緒に居られますように、ってペリドットに願うよ」

小さな笑い声が耳元で舞う。

「その願いは、絶対に叶います」

湿った空気をひるがえすような、からりとしたユズの声がした。陽気な優しさにくるまれて、私の心に晴れ間がさす。そして顔を上げたとき、ユズは居なかった。

幽霊のユズは消えた。目覚めたユズは私を覚えていない。祖父とのおしゃべりも、もうできない。でも離れてしまった人たちは私の中にずっと居る。お守りみたいに、ずっと。

「ユズ」

今はもう呼んだって聞こえない。

「普通、夜の海岸に置いてく……?」

私は呆れて笑った。胸がせつない熱を帯びていく。この夏の思い出が、これからの私を支えるお守りになる。だから寂しくても、悲しくなんてない。

しんとした海辺で、花火だけが陽気に笑っている。星空に照らされた水面もどこか、さっきよりも元気そうだ。華やかな夜に置き去りにされた身体が、私にひとりぼっちを知らせた。

帰り道、鞄から手帳を取りだして、写真の挟まるページを開いた。暗がりではみんなの顔がよく見えない。楽しかったな。あの頃の夏は、毎日が宝石みたいに輝いて見えた。目に映るものすべてが好意的で、この世のどこにも悪意を感じなかった。いつだって世界が自分に笑いかけているような気がしていた。

そんな世界を、どうして大切にしなかったんだろう。

子供の頃は知らなかった。考えもしなかったのだ。繋がった縁が切れてしまうのは簡単で、再び繋ぎ合わせるのは困難だということ、二度と結べない糸のほうが多いのだということを。

毎日に対していつも丁寧でいられたら、私の周りにはもっとたくさんの「大切」が残っていたのかもしれない。

右隣のページにはフリースペースに文字が並んでいる。何を書いたのか、なんとなく覚えている。闇夜に目を凝らす。月明かりが、ぼんやりと白紙を照らした。

『やめて』

『やめろ』

『いいよ』

『とうもろこし』

『お地蔵様みたいな人』

『どっしりおおらかに落ち着いてる人』

『いる』

秋田駅へ向かう電車の中で、ユズの質問に答えるため、つづった文章だ。はたから見たら、なんのメモだかさっぱりわからない。けれど言葉の合間合間にユズが居た。見えないだけで、彼はそこに存在していた。

冷たい返事をしてばかりだった。照れたりしないで、ちゃんと向き合えばよかった。彼氏がいるなんて嘘をついて、悲しませてしまったな。

水族館の写真は一緒に撮ってよかった。写っていなくても私の隣には笑うユズが居る。でも、私ももっと楽しそうに写ればよかった。健二の心霊写真を、どうして送ってもらわなかったんだろう。もう消されてしまったかもしれない。

みんな、居なくなってから後悔が生まれる。でも多分、どう接していたって私は後悔するんだろう。思いつく限りの最善を尽くしたつもりでいたって、あとになればまた別の選択が頭を過ぎる。ああしていれば、こうしていれば、は、きっと尽きないようにできている。

そうして心に残る後悔は、自分の人生において重要だった物事を忘れさせない。誰かが死んで悲しかったこと、誰かと離れて寂しかったこと、誰かを傷つけて苦しかったこと、これから居なくなってしまうかもしれない、誰かのことも。

悲しいのは、寂しいのは、苦しいのは、その誰かを、何かを、大切にしたかったからだ。その純粋な気持ちを、私は心に刻んで忘れない。痛くてもいいから、ずっと一緒に居たい。

8月15日　幽霊がいない夏

砂浜の流木に座って、水平線を眺めていた。今日の波は優しい音がする。朝早いから、海も眠っているのかな。寝息のように穏やかなさざ波にくるまれながら、私は病室のユズを想った。

彼は目覚めただろうか。

携帯電話の画面に目をやる。長い時間ここに居たかと思いきや、浜辺に来てからまだ十分も経っていない。昨日まであんなに速いスピードで時が流れていたのに。

飛び回るフナ虫が足元をかすっていく。心地悪さに両足を畳み、流木の上で膝を抱えた。

小さい頃のユズもよく、こんなふうに身体を丸めていた。今ではフナ虫みたいに陽気だけれど、あの頃の名残もある。

カモメが鳴いて、空を見上げた。眩暈を覚えるほどに真っ青な平面が、果てなく続いている。

ユズは結局、空を飛べなかった。何日か前に「見ていてください」と誇らしげに屋根から飛び降りたけれど、大の字で地面に落下した。思い返して込み上げる笑いは、外に出し切る前に萎れてしまう。

今は目に見える何もかもが、ユズに繋がっていく。

もう少し、大丈夫だと思っていた。

流木を降りて、海に背を向ける。傾斜を上がって自転車にまたがった。秋田を離れる前にもう一度、地図に記された思い出の地を巡っておきたかった。大切だった夏を、この先もずっと忘れないでいられるように。

公園でヨウシュヤマゴボウを見つめた。小さなユズは何度も公園に通って、実が色付く日を待っていたのかな。指先を紫色に染めながら、熟した実を懸命に摘み取る、幼い姿が思い浮かんだ。

昔のことを思い出したユズによると昔、公園には地球儀型の回転ジャングルジムがあったという。中にみんなを入れて、よく健二が回してくれていたらしい。私が思い出したのは箱型のブランコだ。二人が向かい合わせに座れる大きなブランコで、健二やほかの子が居ない日はユズを一人乗せて、私が押してあげた。ユズも押してくれたけれど、力が弱く、そよそよと揺れるだけだった。

他にも黄色いシーソーや、一人乗りのブランコもあった気がするけれど、曖昧だ。

でも何かがあってもなくても私たちは、あるものだけで存分に楽しんでいたんだろう。来た道を戻る。海沿いをまっすぐに進み、林道を目指した。木々のトンネルに差しかかる手前の空き地でブレーキを踏む。老いた柚子の木が、若い実をいくつも垂れ下げていた。

苗字が柚木だから、柚子の木を庭に植えたのかな。それとも木のほうが先に、ここに居たのかな。茂る青葉を踏みしめて、乾いた幹に指を滑らせた。確か木陰に守られるようにして、秋田犬の小屋があったんだ。白い長毛の、滅多に吠えない賢い犬だった。

どこかにフローライトの破片が落ちていないか、なんて、ありえない想像に思いを馳せた。あの日、私の頬についた傷は数日で癒えて、大人になった今は痕さえ残っていない。もしも目に見える形で残っていたら、鏡を見るたび、みんなのことを思ったんだろうか。そうしてユズの存在も薄れないまま、大切な友達として心に残っていたんだろうか。会えなくなったユズに手紙を書いたり、勇気を出して東京へ遊びに行ったり、そんな過去もあったのかもしれない。

ユズは何度か、群馬へ帰った私に手紙を出したらしいけれど、返事が来たかは覚えていないという。私も記憶にないので、多分書かなかったのだと思う。どうせまた会えるから、と楽観的に考えていた自分が目に浮かぶ。

柚子の木を見上げた。ひとつ、届きそうな実に手を伸ばしてみる。

——泥棒はよくないんじゃなかったんですか。

からかうユズの声が頭に響いた。はっとして辺りを見回す。わかってる。隣でそう言ってほしい、ただの私の願望だ。

実を摑み、引っ張ってみても、なかなか取れない。半ばやっきになっていた。強く手を引いたとたん、手の甲に痛みが走る。見れば線のように細い切り口から、薄く血が滲んでいた。

——棘があるって言ったじゃないですか。

知ってるよ。けど忘れていたの。

痛みのせいだ、涙が出てくる。それでも手に入れた柚子に、気持ちはひどく慰められていた。

もしかして、何かを手に入れるためには痛みが伴うものなのかな。

弱った心が、普段は考えもしない発想を引き寄せた。固い種の殻を破って芽を出す向日葵も、研磨に耐えて輝く宝石も、夏の嵐に晒《さら》される野菜や木々だって、痛みに耐えながら美しく色付いていくんだろうか。

——また会えますか。

ユズの言葉が木霊する。

──今度までには絶対思い出します。

病室の、ユズの言葉だ。

短い息を吐く。過去ばかり辿っている私は、いったい何を手に入れられるんだろう。昨日までのユズにはいつでも会える。しあわせは、思い出の中で生きている。でも未来にだって、光はちゃんと用意されていたんだ。

陰る心に明かりを灯す。中指を見れば、すでに私に寄り添う光があった。

すうっと胸の曇りが抜けていく。私は、これからのユズに会いに行こう。

8月16日　私を捜してね

病室でユズは眠っていた。呑気に口を開けて、小さくいびきをかいている。ただの昼寝みたいな、気の緩む光景だった。

ユズは二日前の夜に目覚めたのだと、廊下で顔を合わせた看護師が教えてくれた。二人で花火を見た、あの日だ。本当にユズはいつでも身体へ戻れた。むしろ強制的に引き戻されるのを、何日も耐えていたんだろう。

健康体だが、とんでもなくよく眠る。看護師はそうも言っていた。夢の中で遊びすぎて現実での体力がもたないのかしらね、と。

少し、不安になる。また幽体離脱でもしてさ迷っていたらどうしよう。けれど枕元に放られた携帯電話や、チェスト上に積み重なる漫画と音楽誌を見ると、この世に根付いた生活臭を感じる。彼の身体に繋がれていた管も、機械的な線を刻むベッドサイドモニターも、今はなくなっていた。大丈夫だと思っていいんだろうか。

軽く頬をつついてみる。「ふがっ」と鼻を鳴らされて、私は思わず背を引いた。もう一度つついてみるが今度は「くひひ」と、にやけるだけだ。彼は一度眠るとなかなか起きず、寝ている時間のほうが長いらしい。

「……別にいいよ」

私はむくれながら、声を投げた。起きないユズに付き添うのは馴れている。

ユズは胸元にペリドットのネックレスをつけている。チェーンの長さが違うことに、彼は気付いただろうか。ちかちかと笑うペリドットのほうが、持ち主以上に現状を理解しているようだった。

私は寝顔へ語りかける。

「今日ね、おばあちゃんと来たの。今は駅の喫茶店で待ってくれてる。これから一緒に美術館に行くの。私、帰りに駅ビルでおばあちゃんにパジャマを買ってあげようと思うんだ。だからあまり長居できないんだけど――」

鞄から地図を取りだす。

「ユズに返そうと思って持ってきたの。ここに置いておくね」

チェスト上に広げた地図を眺めているうちに、悪戯心が疼いた。ペンを持ち、文字を書き込むことにする。

まずはユズの書いた『さがしてね』に赤で横線を引き、その下に『思い出してね』と記入する。それから『宝はザクロの木の下』に線を引き、『宝はユズの手の中』と

ドットを握らせる。

書き直した。

最後に鞄から取りだしたのは、その『宝』。私は祈りを込めて、ユズの左手にペリドットを握らせる。

しかし寝相が悪くて落ちてしまうかも、と不安を感じたので『手の中になければきっとその辺に落ちてる』とさらに書き足すことにした。

ふふっと笑って、ユズに視線を戻す。

目にかかる彼の前髪をそっと横に流して、私は呟く。

「くるくるも似合ってたよ」

「くひひ」

タイミング良く、ユズが笑った。

8月17日　思い出の魔法

夕食どき、健二がやって来た。まもなく秋田を去る私を気遣って手土産に持ってきた蟹《かに》を、彼はほとんど一人で食べ尽くしている。

「そういや桃が気にしてた事故の被害者、目を覚ましたってよ」

私はただ噛みしめるように頷いた。

「そっか」

「それにしても学生らしいぞ。寝て夏休み終わるんだから災難だよなあ」

「夢の中でたくさん笑ってたかもよ」

「日焼けもしねえで夏が終わるんだぞ。新学期恥ずかしいべ」

まるで小学生のまま発想が止まっているような発言だ。

私はつい苦笑して、箸を止めた。

「健二、小学生の頃よく一緒に遊んだ男の子、海人君っていうんだよ。柚子の木の家に住んでた子。大きな秋田犬が居たでしょう」

「秋田犬は見たことあるな」

蟹足をくわえて呆けた顔をする健二の横で、祖母が口を開いた。

「ああ、柚木さんとこの子か」

「おばあちゃん、覚えてる？」

「覚えてるよお。桃が居ないときも遊びに来でだ。じいによぐ懐いでだな」

「そうか、私よりおじいちゃんのほうが仲良かったんだね」

「でも桃が来ると桃にべったりだったよお」

「桃は俺にべったりだったど」

健二が口を挟む。みんなそれぞれに胸に残る過去があった。

「そういやその子、じいと文通してだみてえだな。出してない手紙見つけたがら、おら先月送っといだ」

「それって死者からの手紙でねぇか。こっえええぇ」

青ざめる健二の横で、私は納得する。

「おばあちゃんだったの」


風呂上がり、縁側に腰を下ろす。堂々と庭に在った夏の夜の匂いが、今日は少しよそよそしく感じた。毎日少しずつ、本当に微々たる速度で、夏が遠ざかろうとしている。

お盆を迎える頃、子供時代の私はいつもやりきれない寂しさを抱えていた。私にとっての夏は、秋田そのものだった。だから脇本を出た瞬間、季節の外側に放られたような気分に陥ったのだ。

夏の空気が好きだ。草花や夏野菜の輝く朝の庭はどこか浮足立っていて、早く、早く、と私を急かす。だんだんと活動的になる虫や鳥たちがあちこちで騒ぎ出し、木陰が生まれ、そこかしこに陽だまりが踊る。夕暮れの茜色は「おつかれ。また明日」と世界を撫でて、暗くなった空で満天の星が笑う。みんな、今に在ることに前向きな気がする。全力で、まっすぐな夏の気配がいい。

ふすまから光が洩《も》れて、祖母の登場を知らされる。風呂上がりの彼女は、私が贈った新品のパジャマを着ている。スイカを手にした祖母は戸を閉めると、居間で眠る健二のいびきを閉じ込めた。

「食え」

祖母は珍しく私の隣に腰を下ろす。夜風に瞳を細める横顔が、心地よさそうだ。

私はスイカの三角の頂点にかぶりついた。しゃり、と瑞々しい音が上がる。私の好きな夏の音だ。

「甘い」

「んだか。バリュで買ってぎだ」

「私、この前バリュでババへラアイスを買ったの」

「ちいせえ頃はよぐ買いに行ってだな。おめら手ぇベタベタにして帰ってぎだ」

「すぐ溶けちゃうからね」

「柚子さんちの子、途中で落とした、ってよぐ泣いでだ」

「そうだったっけ」

「でもあの子、すぐ笑うんだよなあ」

それは今も変わっていない。

「一昨日はね、自転車で林道を通ってジョイフルがあったほうまで行ってみたよ」

「そうけ。あそこさ新しいデパートができるみてえだあ」

「そうなの？　あ、住宅街をうろうろしてたらパン屋さん見つけたよ」

「どこもかしこも変わっていぐな」

「そうだね」

「何かが消えで、新しいものができでいぐ。そうやって人の命も、世の中も続いできだんだなあ」

でも、だからこそ、あったはずの世界をいつまでも覚えていたい。私は小さく息をついた。

「私、昔のことたくさん忘れてる。覚えていられないのって寂しいね」

「頭で忘れでも心が覚えでら」

さざ波のように低く穏やかな声で、祖母は言った。

「楽しかったこと、嬉しかったこと、悲しかったことも全部が上手く折り重なって今の桃になってら。いい思い出が養分になってよ、いい心ができでぐんだ。だから忘れたつもりでも、桃はずうっと思い出と一緒に生ぎでらんだよお」

それってなんだか自分の中に蠟燭《ろうそく》を作っていくみたいだ。重ねた記憶が心の芯を作っている。それは生きるほど、太さや長さを増していくんだろう。そして生を全うするとき、火を灯して、少しずつ世界に溶けていくのかもしれない。

「おばあちゃんの大切な思い出は、なに？」

「いっぱいあるよお。海で友達と蟹っこ捕ったり、秘密で野良猫飼ったり。じいさんや、じいさんじゃない人とデートしたり、結婚して百合子が生まれで家族が増えで、娘が子供を産んでこんな可愛い孫ができだ」

ひとつ、またひとつ星を摑むように、瞳を輝かせる祖母の横顔は幼い少女のようだった。今がいくつであったとしても、記憶は人を少女に変え、母に変え、恋する乙女にだって変えてしまう。唯一、誰にでも使えるしあわせの魔法なのかもしれない。

「桃とスイカ食ってら今も、ばあの大切な思い出になるよお」

「私も」

照れくさいけれど、頷く。素直でいるのは気持ちのいいことだ。

俯き気味に庭を眺める祖母を見つめながら、私はひとつの謎を思い出した。

「おばあちゃん、どうして居間のソファに座らないの。床より楽だよ」

すると祖母は、あっさり述べた。

「じいが座ってるかもしれねえがら」

私は驚いたあとで、泣きそうになった。愛する人が居なくなったあとも、愛する思いは続いていく。世界はそうして、見えない想いの力に溢れているのかもしれない。

8月18日　その太陽は私にだけ見えた

「また来ぇよ」

向かい合った祖母の色素の薄い瞳には、うっすらと涙が滲んでいた。

玄関前に停車したタクシーはエンジン音を上げて、走りだす準備を整えている。

私は今日、秋田を出る。

身体中に木霊する波音を名残惜しく思った。戻れない縁側と、庭の夏野菜、うなだれはじめた向日葵に、もう一度触れたくなった。

だんだんと私の瞳も潤んでいく。でも、子供の頃みたいにいっぱいの涙は出なかった。

目元を祖母の指先に拭われた。しわしわの両手が、まるでたくさんの思い出にふやけているみたいだった。

「また、じいと待ってら」

頷き、祖母の傍らに目をやる。きっと居るはずだから。

「またね」

「またな」

またね、は根拠のない約束のようで、お守りのように人同士を繋ぐ言葉だ。秋田の友達と離れるときも「ばいばい」や「さようなら」を使わなかった私は、子供ながらにそのことを理解していたのかもしれない。

「脇本駅まで」

乗り込んだタクシーに行き先を告げる。帰省初日と同じ運転手だった。

アクセルが踏み込まれて、遠ざかる景色が速度を増す。振り返れば、祖母は見えなくなるまで手を振っていた。一本道の向こうに見える海の青が、どんどん小さくなっていく。

静かな公園や、澄み渡る緑の林道、大きな柚子の木の風景を、どれだけ目に焼き付けても、私は「今」から遠く離れてしまう。

民家の並ぶ通りを抜ける。転げ落ちた田んぼを過ぎ、消防署が近付いて、派手なピンクのスーパーが見えた。駐車場の入口にはババヘラアイスのパラソルが立っている。来年もあの老婆は居るだろうか。彼女の遠い記憶の中にも、子供だった私たちが溶け込んでいるんだろうか。

十字路をまっすぐ進む。左に広がる森林は、夜と違って穏やかな緑を茂らせている。やがて線路を渡り、駅の敷地へ入った。たった数分で目にした景色の中に、いくつもの思い出が住み着いている。殺風景な自転車置き場すら愛おしかった。時が止まっていた祖母の自転車は、来年までまた眠りにつくのかもしれない。

料金を支払い、キャリーケースを下ろす。本当に脇本を離れるんだ。車内の冷房を抜けた身体が一気に熱される。

深呼吸して空を見上げた。

突き抜ける青色、絵具で描いたような入道雲、せわしなく響く蝉の合唱と、からり乾いたアスファルトに知らされる夏が、私を強く慰めた。

無人駅の入口をくぐる。待合所の椅子に、電車を待つ人の姿はない。

どこもかしこも、寂れたようで輝いている。少なくとも私の目にはそう見える。

改札を行き、開けた外の世界に一瞬、太陽が降りてきたのかと思った。眩む瞳を絞って見つめ直した線路上に、金色の髪が煌めいた。華奢なその人の胸元で、ひと際強い光が反射する。もしかしたら、私のペリドットも輝いていたのかもしれない。

「こんにちは。見えますか」

聞き慣れた声に誘われて見つめた先に、見慣れた笑顔が待っていた。

目と目が合って、宝石以上に光る瞳が私を捕まえた。

ユズだ。

身体はもう透き通っていない。

了

本作品は当文庫のための書き下ろしです。

本作品はフィクションであり、実在の人物・団体などとは一切関係がありません。

文芸社文庫NEO

幽霊とペリドット

二〇二三年八月十五日　初版第一刷発行

著　者　位ノ花薫
発行者　瓜谷綱延
発行所　株式会社　文芸社
〒一六〇－〇〇二二
東京都新宿区新宿一－一〇－一
電話　〇三－五三六九－三〇六〇（代表）
〇三－五三六九－二二九九（販売）
印刷所　図書印刷株式会社

ISBN978-4-286-27014-2

[文芸社文庫ＮＥＯ　既刊本]

青田風
笹井小夏は振り向かない

進級が危うい高2の来夢のもとに、大学生の家庭教師・笹井小夏がやってきた。不思議ちゃんな小夏に振り回されながらも、彼女の魅力に惹かれていく。第4回文芸社文庫ＮＥＯ小説大賞大賞受賞作。

片汐芒
ラジオガール

目覚めたら女の子の体になっていた。自分が誰か、この体が誰のものかわからない。そんな時ラジオから少女の声「ハロー！　わたしラジオガール！」。失くした記憶とこの体の持ち主を探す旅に出る。

久頭一良
死神邸日和

高2の楓が引っ越してきた家の近所に、「死神」と呼ばれる老女が住んでいた。死神の正体とは…。日常に転がる小さな謎と思春期の少女の葛藤を描いた第5回文芸社文庫ＮＥＯ小説大賞大賞受賞作。

小坂流加
余命10年

数万人に一人という不治の病に侵された20歳の茉莉は余命が10年であることを知る。もう恋はしないと心に決めたのだが…。本書の編集直後に39歳で急逝した作者による、せつないラブストーリー。

［文芸社文庫ＮＥＯ　既刊本］

小坂流加

生きてさえいれば

入院中の叔母の病室から「出されなかった手紙」を見つけた甥の千景は、叔母が青春時代に思いを寄せていた男性の存在を知る。急逝した『余命10年』の作者が、その豊潤な才能を示した感動の遺作。

佐木呉羽

神様とゆびきり

幼い頃から神様が見える真那は、神様に守られながら成長した。高校一のイケメンから告白されたことで、女子たちから恨みを買う。すると体に異変が…。時を超えたご縁を描く恋愛ファンタジー。

吉川結衣

あかね色の空に夢をみる

同級生の突然の死を受け入れられず、次への一歩を踏み出せない高校生の葛藤を描く。17歳にして鮮烈なデビューを飾った第1回文芸社文庫ＮＥＯ小説大賞大賞受賞作。「その後の物語」も収録。

吉川結衣

放送室はタイムマシンにならない

円佳の通う高校の放送部には「タイムトラベルができる」という伝説がある。過去にこの学校で何があったのか——。高校生として第1回文芸社文庫ＮＥＯ小説大賞に輝いた若き作家の受賞第一作。